MI PRIMER VIAJE

J.P. Viaggiatore

Mi Primer Viaje

www.jpviaggiatore.com

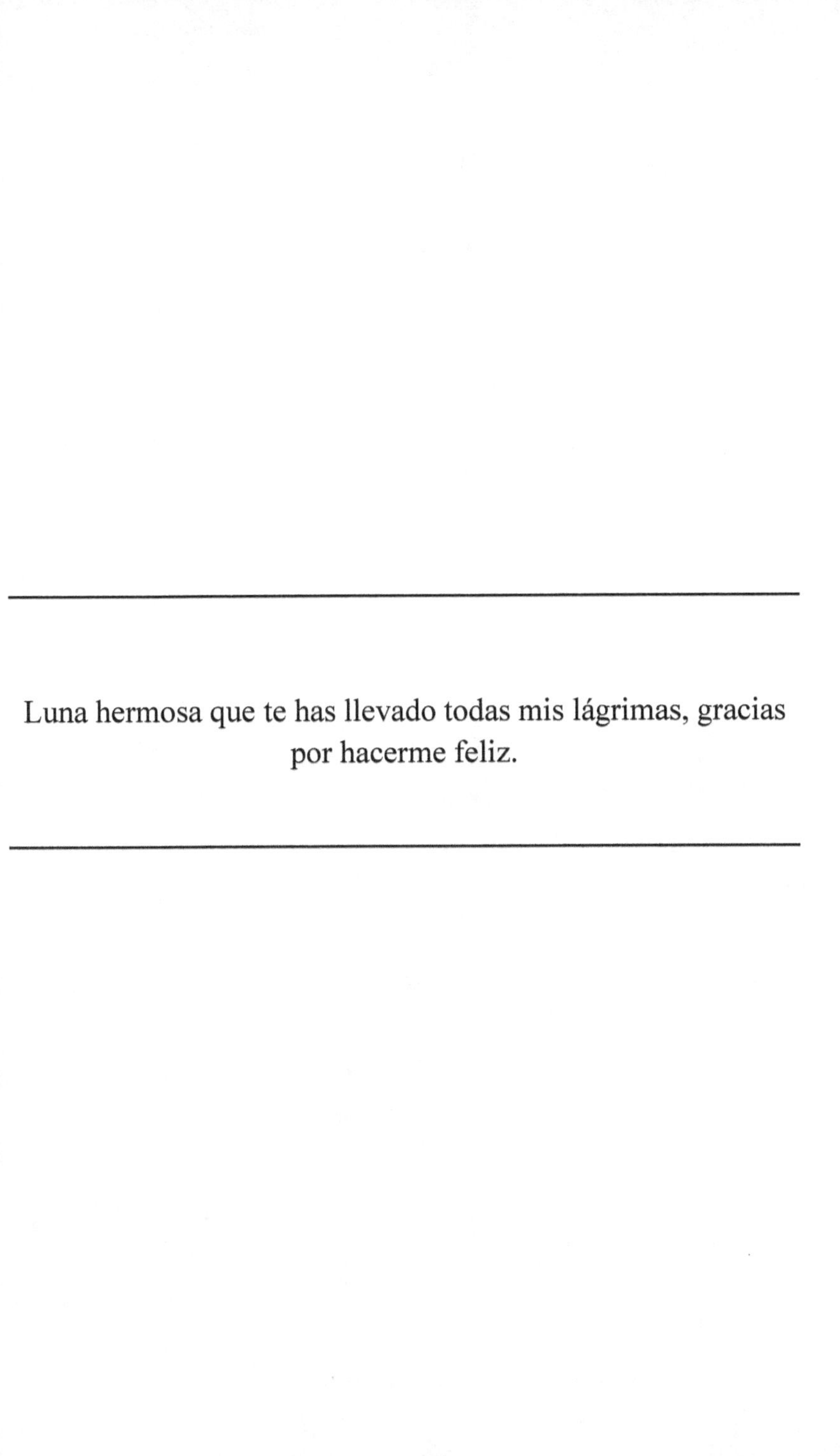

Luna hermosa que te has llevado todas mis lágrimas, gracias por hacerme feliz.

Prólogo

Hace algún tiempo en el recorrido de mi vida, empecé a comprender que todas las experiencias personales y sociales con las que he tenido que conectarme, siempre, terminan dejándome innumerables, increíbles y valiosas enseñanzas. Hoy, después de tener la oportunidad de leer este libro puedo reafirmar para mi corazón, que no hay vivencias más significativas que otras; simplemente experiencias que me ayudarán a crecer, a formarme y a entender el mundo al que pertenezco de una manera más humana, más consiente y más sensible.

Siempre he tenido la firme convicción de que nada de lo que ocurre en nuestro camino es un acto casual, la vida tiene un propósito para cada circunstancia a la que nos enfrenta, por esta razón, muchas veces la vida misma se convierte en un gran desafío personal, uno donde no se premia ganadores o se compadecen perdedores, todo lo contrario, es un desafío donde acertar o equivocarse se convierte en la mayor y más distinguida condecoración, porque lo importante y real es aprender a hacerlo como aventureros que dejan atrás miedos, acusaciones, soledades e incertidumbres; y este es el motivo, la esencia que el autor esplendida y honestamente logra cristalizar en sus páginas.

De cualquier modo, esta es una historia cautivante, tiene la delicada habilidad para convertirnos en cualquiera de sus personajes, esto, dependiendo de la etapa o la situación en la que nos encontremos espiritualmente; en consecuencia, es maravillosa la manera en la que podemos viajar a través de sus letras, todo un auténtico itinerario por las emociones más viscerales y la magia de las sensaciones que a lo largo de la historia, traen a nuestra memoria todo aquello que dejamos de lado con lo que implica el día a día.

Este libro es la historia de muchos de nosotros, todos pasamos por momentos de profundo ahogo, de desesperanza y de conflictos internos; sin embargo, y en algunas ocasiones sin siquiera percibirlo, es la vida que de maneras insospechadas nos hace subir a la cima de la montaña para confrontarnos con nuestro yo interno; y enseñarnos que solo si estamos dispuestos a comprender y valorar nuestra existencia y todo lo que hay a nuestro alrededor es posible sanarnos, siempre manteniendo en el propósito la humildad, la fortaleza y sobre todo el amor; todo sabiamente combinado para concientizarnos de que hay un porqué y un para qué, un momento indicado y una finalidad; de ahí, entender que estamos listos para descifrar e interiorizar esas respuestas; y así, nunca volver a ser los que fuimos, porque tendremos las herramientas para descubrir más intensamente lo esplendido de la vida y la claridad para vivir a plenitud con la guía y el sentido de la felicidad.

Carolina González Agudelo

Tras admirar la naturaleza un día de marzo en la cima de una montaña, puedo sentir como una pequeña brisa cálida y sencilla me hacía tener tranquilidad, en medio de mis preocupaciones que traían mis pensamientos complejos que ni yo mismo comprendía. Me dejé llevar por la admiración que me producían las pequeñas ardillas que corrían y saltaban de árbol en árbol, como si el momento se pausara en el tiempo, y ese instante fuera lo único que existiera.

Un sutil gesto de sonrisa escondida se dibujó en mi rostro y pese a la tristeza que tenía mi corazón, sin querer disimularlo, y dejando todos los prejuicios de lado, intentando ser libre no quise contener mis lágrimas.

Ya me había cansado de luchar, estaba agotado de seguir un camino que lleva muchas rocas. No sabía que opciones tomar, que decir, ni que pensar. Abatido, depresivo y desdichado, con lágrimas en mis ojos de desesperación de seguir luchando y no llegar a ninguna parte, pensé en acabar de una vez con este dolor, con este sufrimiento. Ya no tenía ganas de vivir, ya nada tenía sentido, no había nada que me hiciera cambiar de parecer, pero en ese entonces cuando sin querer giré mi cabeza hacia atrás, pude ver algo que haría que cambiara mi vida para siempre.

Un ruido un poco extraño hace que yo vuelva en mí, veo a tres seres demasiado altos junto a mí, la apariencia de aquellos seres era un poco extraña: tenían aspecto humano, piel de tez caucásica, vestían un atuendo color blanco con un cinturón dorado muy fino, cabellos totalmente blancos y cada uno de ellos poseía una mirada muy bondadosa.

Aunque me impresionó demasiado ver a aquellos "gigantes", no sentí miedo en lo más mínimo. Su esencia hacía que me tranquilizara, y que de alguna forma me sintiera relajado. Al mismo tiempo, aquellos seres hacían que despertara mi curiosidad, pues para mí todo era nuevo, y estaba muy sorprendido con esta experiencia. No me imaginaba que se fuera a abrir un mundo diferente, desconocido, y lleno de posibilidades.

Escuché con el pensamiento lo que ellos querían expresarme. Nunca pensé que la comunicación telepática realmente existiera, pero allí estaba, comunicándome con ellos, entendiendo todo lo que me decían, respondiendo y dándoles mi punto de vista de lo que yo pensaba.

Definitivamente comprendí que la definición que yo conocía sobre telepatía estaba lejos de la realidad. Yo siempre creí que la telepatía consistía en pensar con palabras lo que uno quería comunicar y repetirlo en la mente. Me di cuenta que la comunicación telepática es completamente diferente: es un tipo de comunicación inmediata sin necesidad de pensar en lo que se quiere decir, simplemente se comunica lo que se quiere informar sin repetir en la mente con palabras lo que se quiere trasmitir. Nosotros nos comunicamos, intercambiamos información y todo esto lo podemos hacer, sin saber siquiera como lo hicimos. Es decir, esto es un proceso de intercambio de información y no de palabras mentales.

En medio de la fascinación por todo lo que estaba viviendo, dos de aquellos seres extendieron sus brazos, e invitándome a irme con ellos me ofrecieron que los siguiera.

–¿Quiénes son ustedes y para donde me llevan? –pregunté.

Con mucha ternura y simpatía, uno de ellos me respondió –no te preocupes, síguenos y ya entenderás.

Un sentimiento de confianza hizo que me sintiera protegido; nunca había sentido algo así en mi vida, y mucho menos sobre seres que apenas conocía.

Los cuatro comenzamos a bajar la montaña. Yo encerrado en mis pensamientos que me hacían estar a la expectativa de todo lo que pudiese acontecer, y ellos con toda la serenidad y una paz que me contagiaba.

–Muy pronto verás y vivirás cosas que nunca has vivido –uno de ellos replicó.

Algo pensativo, abstraído en mis pensamientos y por alguna razón lleno de alegría, comprendí que todo en mi vida iba a cambiar. Aunque no supiera nada de lo que vendría, muy pronto entendí que aquellos seres no eran de este mundo y que mi misión apenas comenzaba.

Llegando a la base de la montaña, pude notar que había unas ramas fuera de lugar cubriendo una entrada; con sutileza, uno de los seres removió las ramas para despejar el área, mientras que los otros dos seres que me acompañaban me guiaron por la estrecha entrada donde pude notar algo extraordinario.

Mis ojos no podían creer lo que estaban viendo en ese momento: ¡Era un tipo de nave gigante! de color metal, semejante a los platillos voladores que muchas personas que han tenido encuentros de tercer tipo logran dibujar. Sin embargo, esta "nave" podía diferenciarse en que la parte del frente era ovalada y la parte de atrás era un poco alargada, estaba suspendida del piso y se lograba camuflar perfectamente con la naturaleza.

–¿Ahora comprendes quiénes somos? –me preguntó uno de ellos.

–Creo que sí… –le respondí tímidamente.

–Sin duda nosotros venimos de otro planeta. Nuestra misión es encontrar personas como tú en el momento que estén listas. Todo esto es para ayudarlas a crecer espiritualmente y prepararlas para salvar el mundo.

–¿Salvar el mundo? –pregunté.

–Sí, este planeta está ocupado con personas y seres como tú; cada uno llega, aprende, y de alguna u otra forma asiste a la humanidad. Algunos son contactados y otros simplemente nacen con la necesidad de ayudar, y según las experiencias que vayan teniendo, van aprendiendo lo que necesitan saber para poder cumplir la misión por la que nacieron.

–¿Entonces yo nací con esa misión? –pregunté.

–¿Acaso no has tenido algún momento de duda, lo cual no sabes para que naciste, pero sientes la necesidad de ayudar a la humanidad?

–Sí, muchas veces me hago esa pregunta, inclusive justo hace un momento estaba pensando en eso. Creo que esa es la razón por la cual vine a esta montaña, para intentar encontrar respuestas.

–Así es, y ese es* el motivo por el que nosotros estamos aquí.

Uno de ellos levantó su mano derecha apuntando hacia la "nave"; y para mi asombro, se abrió una especie de puerta que formaba una rampa grande al lado derecho de la misma.

Los dos seres que estaban a mis dos lados me invitaron a entrar, y por alguna razón, sin dudarlo un segundo, los seguí, subí, entré, y la nave se cerró.

–Esta "nave" es el vehículo que usamos para trasladarnos de dimensión en dimensión –uno de ellos replicó.

–¿Dimensión en dimensión? no entiendo –le respondí.

–Así es; mira, te explicaré mejor: nosotros venimos de otro planeta, en nuestro mundo cada uno de nosotros es asignado para encontrar seres de diferentes planetas y planos dimensionales, para preparar, ayudar y enseñar. Nuestra misión es entrenarte para que tu experiencia haga concientizar a las personas de tu planeta y eleven su consciencia hacia un bien común.

–¿Pero y por qué me escogieron a mí?

–Porque tú estás listo. En realidad, tú fuiste quien nos llamó a nosotros.

–¿Yo los llamé?

Con una sonrisa compasiva uno de ellos me respondió –tú lo has dicho…

–¿Y cómo los llamé? ¡nunca en mi vida los había visto!

–Algunas veces cuando tenías dudas, otras veces cuando te preguntabas a ti mismo porque habías venido a este mundo, o cada vez que te cuestionabas la razón de ser, hacía que en nuestro plano se genere un portal al que nosotros podríamos llamar "Portal del requerimiento"; en otras palabras, en nuestro planeta somos asignados para encontrar seres, dependiendo del portal del requerimiento.

–¿Portal del requerimiento? –pregunté.

–Para explicarte mejor, imagínate un niño recién nacido. Cuando el bebé llora, se crea una necesidad, sea porque al parecer tiene hambre, tal vez quiere atención, o tal vez tenga algún dolor. Entonces la madre recurre al niño gracias a su llanto; este estimulo, es el portal del requerimiento. Ahora bien, la diferencia es que en nuestro mundo, no cualquier ser genera un portal de requerimiento. Por ejemplo, si alguien en este planeta tiene algún momento de duda, y necesita respuestas, muchas veces estas incertidumbres son apaciguadas por los ángeles asignados a cada una de las personas de este planeta.

–¿Ósea que los ángeles verdaderamente existen? –pregunté.

–Los ángeles son tan reales como tú o como nosotros –argumentó.

–Y ¿Entonces por qué no nos ayudan?

Siempre con la sonrisa muy simpática, y con mucha emoción, respondió —ellos todo el tiempo los están protegiendo a ustedes. Solo que existe una regla, ellos solo interfieren en dos ocasiones: cuando ustedes piden protección, o cuando no es el momento de partir de este mundo.

—¿Momento de partir?

—Así es, ustedes le llaman "morir", pero la "muerte" no existe, simplemente la experiencia de este plano se termina para vivir una experiencia nueva.

—Pero… ¡Dios mío! tengo tantas preguntas.

—Tranquilo, ya verás que todo te será respondido. Ahora te pregunto yo algo a ti, si tú tuvieras la oportunidad de viajar por el tiempo al pasado ¿Qué época escogerías o qué persona querrías conocer?

Me quedé en silencio mental por unos segundos, intenté visualizarme y quise responder adecuadamente. Por mi mente estaban pasando diferentes momentos, pero había uno que resaltaba mucho, así que respondí —aunque yo no sepa mucho, me encantaría ir al comienzo de la humanidad.

—Ya está, esta "nave" como tú la llamas, es un vehículo que viaja de dimensión en dimensión como te lo expliqué hace un momento, y el tiempo hace parte de los planos dimensionales.

Realmente sorprendido con lo que había escuchado, por un instante sentí que mi cuerpo se quedó paralizado; no sabía si todo esto que estaba viviendo era real, pues en mis pensamientos me cuestionaba muchas cosas. Por una parte, conocer a aquellos seres era algo irreal, y ahora me decía que también viajaban en el tiempo. ‹‹pero… ¿cómo? Acaso ¿Era posible? ››, pensé.

Uno de los seres con mucha ternura en su mirada, con la misma sonrisa cálida y sencilla, me tomó de los hombros con sus dos manos, y con un delicado tono mental me dijo: –todo existe, todo es posible, los viajes en el tiempo son simplemente viajes dimensionales alterados dependiendo del punto de partida del viajero; es decir, cuando un ser viaja en el tiempo físicamente, en realidad está viajando a un universo paralelo de acuerdo con las reglas universales.

–¿Universo paralelo? ¿Ósea que en realidad no se está viajando por el tiempo sino a otra dimensión?

–Tú lo has dicho, los viajes en el tiempo son viajes a otros presentes. De modo similar, hay una forma de viajar al futuro sin necesidad de ir a otro universo paralelo usando velocidad-espacio. La diferencia en este caso, consiste en que el viajero desaparecería para los demás sin poder regresar, a menos que utilice otro universo paralelo. Pero nunca volvería al universo del que partió, sino a un universo paralelo alterno.

–Estoy aun con dudas, porque si yo viajo por el tiempo, ¿Cómo sabría si estoy en otro universo paralelo y no el universo del que partí? –consulté.

–Porque siempre hay una que otra diferencia al universo original, por ejemplo: si viajaras al pasado y quisieras volver a tu presente, cuando retornas podrías notar algún cambio; por lo tanto, podrías ver alguna construcción que no existe en el universo original, o tal vez algún color que conoces, no existiría en este nuevo universo al que llegas. Todo depende de los cambios que hayas hecho en el pasado, y estos van a repercutir en el presente al que viajas. Es aquí, cuando entran a jugar un papel muy importante las leyes universales: si llegas a hacer un cambio, tienes que pagar por ello y te verás afectado de acuerdo a los cambios que hayas hecho en el pasado, esa es una de las razones por la que nunca vuelves al universo original, porque en el solo hecho de viajar, estás generando un cambio, aunque sea mínimo y pase por desapercibido.

–Comprendo. Ahora tengo otra duda. Si yo viajo al pasado y me quedo cierto tiempo allá, ¿Cuando vuelva, voy a verme un poco más viejo que el resto de la gente que conozco?

–No, al contrario, te verías un poco más joven que los demás.

–¿Más joven? no entiendo.

–Sí, primero permite que te aclare un asunto: si por ejemplo viajas al pasado y te quedas allá un año, cuando vuelves a tu presente, se respetaría el tiempo ausente y no llegarías al momento del que partiste sino un año después, y la razón por la que te verías un poco más joven que los demás: es porque cuando vas a viajar, siempre se hace un proceso de purificación. Este medio, hace que se regeneren las células de tu cuerpo y como resultado, se ocasione un efecto de vejez lenta.

–¿Y por qué se respeta el tiempo que estoy ausente? –pregunté.

–Para evitar precisamente eso: que envejezcas más rápido al punto de vista de los demás.

–En algún momento cuando se viaje en el tiempo, ¿yo podría encontrarme conmigo mismo?

–Sí, hay ocasiones en que puedes viajar a otro universo paralelo ocupado por uno de tus yoes, pero esto no pasa muy seguido ya que siempre irías a un universo paralelo diferente, y se te tiene prohibido viajar a tu propio pasado. Aunque te puedo asegurar que tú vas a ser visitado por ti mismo tres veces, y así mismo tú vas a visitar a un yo alterno tuyo una vez en tu vida.

–¿Cómo voy a visitarme a mí mismo, si me acabas de decir que yo no puedo viajar a mi propio pasado?

–permíteme decirte que no puedes visitar tu propio pasado antes de viajar, pero una vez que vayas al pasado por primera vez, se abre un portal que hace un punto referencial al cual puedes ir.

De nuevo el silencio mental como una pausa telepática, hizo eco en mi mente, pues esta información era nueva para mí. Tenía tantas dudas que podía quedarme preguntando todo el día, pero mis ansias por viajar se hicieron evidentes.

–¿Cuándo puedo viajar al pasado? –le pregunté.

–Primero debemos llevarte a nuestro planeta. Tienes que aprender muchas cosas para que estés listo en conocimiento, sabiduría, y experiencia. Cuando hayas aprendido lo que tienes que aprender, eres libre de viajar en el tiempo; sin embargo, tendrás que tener en cuenta algunas cosas: una vez que viajes, ya no hay vuelta de hoja, nunca más volverás a ser el mismo, vivirás muchas experiencias, obtendrás sabiduría y conocimiento, entenderás bastantes cosas que hoy no comprendes, y mantendrás sobre tus hombros el peso de responsabilidad para recordarte que tu misión es ayudar a la humanidad a ascender de nivel espiritual y a su vez salvar muchas vidas.

Un miedo se extendió por todo mi cuerpo. No me había fijado en la magnitud de lo que todo esto conllevaba; de repente, me di cuenta que tampoco había pensado en mi familia. Una cosa era imaginarme volverlos a ver, y otra muy diferente a realmente hacerlo. ‹‹¿Acaso yo estaba listo? ¿No sería mejor despedirme de todos antes de viajar? ¿Y si no los vuelvo a ver? ››, pensé.

Uno de ellos me miró con cariño, como viendo a un ser muy querido –no temas, los volverás a ver, tú estás listo, te lo aseguro –me respondió.

Procuré dejar mis miedos atrás, intenté poner en jaque todas mis emociones. Respiré profundo, tomé valor, y me dejé llevar por la confianza que aquellos seres emanaban, así que respondí.

–Está bien, pero… y ¿Cómo y cuándo volveré?

–Tranquilo, todas las instrucciones te serán dadas una vez que estés preparado y purificado. Como ya te dije, vamos a viajar a nuestro planeta; nuestro recorrido durará un día, así que te traeremos de vuelta mañana mismo.

Habiendo dicho esto, aquellos seres me orientaron hacia una habitación con una luz muy blanca. El espacio era muy extenso, casi completamente vacío a no ser por una caja de metal en todo el centro. Carecía de ventanas, pero tenía dos puertas: la entrada principal por la que ingresé, y otra puerta trasera que conectaba con otra habitación.

–En este espacio es donde se hace el proceso de purificación. Este mismo proceso, también se hace cuando se va a viajar por el tiempo, con la pequeña diferencia que cuando viajas por el tiempo, no puedes viajar con nada material. – uno de ellos replicó.

–¿Cuánto dura este proceso? –cuestioné yo.

–En el momento que nos comuniques que estás listo para viajar a nuestro planeta, te vamos a ofrecer una bebida. Este ·líquido actuará en tu organismo como una pre-limpieza, para luego comenzar el proceso de purificación que dura aproximadamente dos minutos. Cuando ya estés purificado, estaremos listos para comenzar el viaje dimensional hacia nuestro planeta.

–Está bien, creo que estoy listo –expresé.

–Estas más listo de lo que crees; recuerda que nosotros somos viajeros y te lo podemos asegurar –replicó uno de ellos.

–¿Entonces cuando comenzamos? –ansiosamente pregunté.

Como en una especie de coro telepático los tres seres respondieron al mismo tiempo. –Ahora mismo.

En ese momento* uno de los seres sacó del bolsillo un pequeño frasco de vidrio con un líquido semitransparente dentro, enseguida se acercó a mí y comento:

–Bebe este líquido, esto preparará tu organismo para la pre-limpieza que te comunicamos.

Sin pensarlo dos veces, tomé el frasco, lo abrí y disfruté de su sabor dulce y refrescante. Sentí que mi cuerpo tenía más energía de la que podía imaginar, me sentía relajado y a la vez energético. creía que podía sin ningún problema dominar el mundo y que estaba listo para todo lo que viniera. Estaba seguro de mí mismo, y una alegría interna abordaba todo mi ser.

–¿Cómo te sientes? –uno de ellos preguntó.

–Espectacular, nunca me había sentido así en mi vida. –respondí.

–Bueno, ahora es momento de que nosotros salgamos del cuarto para que comience la purificación.

–¡Estoy listo! –con mucho entusiasmo respondí.

Los tres seres salieron del cuarto, la puerta se cerró de repente, y yo quede sumido en mi silencio mental. Ya sabía lo que iba a suceder, y como si el tiempo fuera cronometrado, empecé a escuchar un pequeño zumbido dentro de mis oídos. En ese instante comprendí que había comenzado el momento de mi purificación.

Pasaron algunos minutos antes de que aquel zumbido en mis oídos cesara, y la puerta que conllevaba a la otra habitación se abriera. Comencé a caminar como si dentro de mí ya existieran las instrucciones de lo que debía hacer; aunque mi cuerpo y mi mente estuvieran conectados, era casi imposible tener conciencia absoluta de mis impulsos.

Cuando finalmente llegué a la habitación esperada, sin saber cómo, los tres seres me estaban esperando. percibí que este cuarto era muy similar al cuarto de purificación, teniendo en cuenta que éste era más pequeño y un poco ovalado como si fuera una especie de cabina.

–Ya estas purificado, ahora podemos viajar. –uno de ellos replicó.

–Estoy un poco inseguro, la verdad no sé qué me espera y eso me hace dudar –respondí.

–No te preocupes, la duda hace que seamos precavidos y es una forma de autodefensa, eso es normal, pero muy pronto verás muchas cosas nuevas y aprenderás con cada una de ellas.

–Está bien, tengo mucha emoción y a la vez incertidumbre. Ya quiero partir, pero antes si es posible, me gustaría saber sus nombres –alegué.

–Nosotros no tenemos nombres, pues nos reconocemos por nuestra esencia energética. Pero entendemos la necesidad de ustedes de tener un nombre para todo. Si quieres, a mí me puedes llamar "Número uno" –señalando a sus otros compañeros, dijo–. A él lo puedes llamar "Número dos" y a él "Número tres".

–Comprendo –respondí agradecido, mirándolos y haciéndoles una especie de venia.

Los tres seres me miraron con sus ojos tiernos, e hicieron lo mismo, comprendiendo el significado de agradecimiento de la mía.

De pronto "Uno" dijo: –es momento de viajar.

Así que "Dos" y "Tres" asintiendo, se sentaron en dos sillas muy altas de metal, y comenzaron a mover una especie de controles que estaban en la cabina.

Casi de inmediato, pude sentir una vibración muy leve que hacía la nave. Comprendí que me encontraba viajando y que estaba muy ansioso pero nervioso a la vez.

Caí en una especie de trance. Aprecié colores que nunca en mi vida había visto. Observé figuras y formas entrelazadas unas con otras. Para mi eran más reales esos pocos segundos viajando, que todos mis años vividos; parecía como si toda mi vida hubiera sido un sueño y que por fin despertaba.

De nuevo llegaron las dudas y preocupaciones a mi cabeza. No sabía que esperar ni cómo actuar. Empecé a ocupar mis pensamientos con preguntas y me sentía un poco solo. A pesar de estar maravillado con esto, el miedo entro en mi corazón y desee desistir. En mi interior se forjaba una lluvia de pensamientos «¿Y si me ocurre algo allá?, ¿Y si no vuelvo a ver a mi familia?, ¿Qué tal si no puedo regresar? ¿Y si...?».

De pronto la nave dejó de vibrar, y "Uno" con mucha alegría y entusiasmo, exclamó:

—¡Hemos llegado!

–Sabes, ahora vas a conocer un planeta nuevo, te encontrarás con cosas nuevas para ti y aprenderás mucho. Intenta tomar todo con calma y con aceptación, pues van a haber cosas que no te imaginabas que existían –"Uno" replicó.

"Dos" y "tres" se levantaron de sus sillas y dirigiéndose hacia la puerta, tocaron cada uno los extremos de la misma, y ésta se abrió, formando la misma rampa por la que había subido.

Desde dentro de la nave parecía como si fuera un día muy soleado sin ningún tipo de nube, pero una vez crucé la puerta de salida, guiado por "Uno", pude notar que no había sol y que el cielo era completamente blanco.

–¿Dónde está el sol? –pregunté muy curiosamente.

–Quiero que sepas que en nuestro planeta no hay sol, nuestra atmosfera consiste de diminutas partículas de energía que mantienen el calor y es por eso que el clima siempre es templado. También debido a que nuestro planeta es muy parecido en tamaño al de ustedes, la fuerza de gravedad es muy similar.

–¿Entonces nunca oscurece? –pregunté.

–Nunca –"Uno" respondió–. Ahora síguenos.

Muy lentamente comenzamos a bajar la rampa, mientras percibía que la nave estaba suspendida del suelo, y que lo único que lo tocaba era la puerta/rampa que se había abierto para que saliéramos.

Pude sentir un puñado de emociones cuando con mi pie derecho toqué el suelo por primera vez. Estaba desconcertado, a la vez feliz y nervioso. Tenía mucha incertidumbre producida por disparos de dudas que corrían por mi cabeza. ‹‹¿En qué momento viajé? ¿Cómo llegué hasta aquí? ››, intenté comprender todo lo que me estaba pasando, pero era imposible hacerlo. No me quedaba más que dejarme llevar por el momento, y ser guiado por aquellos seres.

Comenzamos a pasear por una especie de* camino formado por unas piedras lisas amarillas unidas unas con otras. Mientras recorríamos este camino, pude observar la naturaleza que había alrededor de nosotros. No podía creer como era posible que existiera tanta belleza. A mi lado derecho había una especie de plantas color purpura unidas unas con otras casi fluorescentes, mientras que a mi lado izquierdo podía divisar un gran manantial muy cristalino. Era un lago inmenso que, con el reflejo blanco del cielo, era imposible descifrar cómo podía irradiar tantos y tan diferentes colores; yo lo percibía como un diamante cuando brilla con la presencia del sol.

También pude oler un aroma fresco de naturaleza: era algo parecido al olor que genera la lluvia cuando se impregna en la tierra. Podía sentir esa frescura de un lugar libre de contaminación. Parecía como si las plantas crearan el oxígeno más puro jamás respirado, que ni cualquier lugar en mi planeta a nivel del mar podía igualar.

De pronto "Uno" con mucho entusiasmo y con total admiración me dijo: –mira todo esto, observa estas plantas, mira esos animales, todo es tan simple, pero a la vez tan perfecto, vivimos en nuestros mundos y muchas veces se nos olvida admirar esta belleza, ustedes se preocupan por sus problemas y se encierran en cubo sin salida. Las preocupaciones no dejan que nosotros evolucionemos, nos hacen mantener la mente ocupada y eso nos detiene en ser libres. Si tan solo comprendieran todo lo que somos, todo lo que tenemos, y todo lo que podemos hacer, serían tan felices –"Uno" continuó–. Tu vienes de otro mundo, hay muchas cosas diferentes allá, pero las cosas simples como éstas, siguen estando. No te dejes contaminar, sigue disfrutando de estas cosas, y siempre ama incondicionalmente.

Esta vez me quedé más asombrado con todo lo que me había dicho; aunque supiera que "Uno" podía leer mis pensamientos, no dejaba de sorprenderme. No era fácil asumir todo lo que estaba viviendo y mucho menos comprender en su totalidad todo lo que estaba experimentando.

El aire lleno de ese oxígeno puro me hacía sentir una sensación de relajación plena, y aunque no supiera para donde iba, no me importaba; el sentimiento de confianza y seguridad, hacía que mis preocupaciones quedaran atrapadas en lo más profundo de mi ego.

Los minutos se hacían tan largos que parecían eternos, y mientras que los tres seres, se comunicaban entre sí, yo me seguía escondiendo detrás de mi silencio mental.

De repente llegamos a un lugar muy abierto donde se alcanzaba a ver algo que me sorprendió ¡No podía creer lo que estaba viendo! Todo mi cuerpo se paralizó. Mi corazón se agitó, y mi mirada como en trance, quedó fija sobre aquella enorme construcción, pues nunca había visto algo similar, era una pirámide gigante completamente dorada.

—Esta pirámide es una de tantas donde nos reunimos todos nosotros a adquirir energía; es una forma de alimentación. una complementaria, ya que nosotros consumimos vegetales, y tomamos agua como ustedes lo hacen. Ven, vamos a entrar, déjanos mostrarte —"Uno" argumentó.

Sin más preámbulo, fue así, como en medio de mi asombro de este mundo nuevo que se había abierto para mí, donde me enfrenté a mí mismo sin miedos y sin ataduras para comenzar a seguirlos y así, maravillarme con todas las posibilidades de cambio que la vida me estaba gratamente obsequiando.

Mientras que me acercaba a ese gran monumento, no dejaba de admirar lo grandioso que era y lo maravilloso que resplandecía en medio de este espacio grande lleno de naturaleza con colores espectaculares acompañado del vuelo de unas "aves" muy parecidas a las que ya conocía. También pude escuchar una especie de canto producido por personas, que hizo que me sorprendiera. ¡Era la primera vez que escuchaba voces! eran voces graves como de hombre adulto. ‹‹¿Entonces ellos también pueden hablar?››, pensé.

–Nosotros también tenemos un lenguaje, éste no lo usamos mucho, ya que tendemos a comunicarnos todos telepáticamente, pero cuando vamos a hacer sonidos de protección, usamos nuestras voces físicas.

–No entiendo –respondí.

–Mira, las voces que escuchas, son cantos generados por habitantes de este planeta. Ellos, son compañeros nuestros que están haciendo un canto de protección. Las vibraciones de este canto, hacen que se genere un tipo de protección en el lugar donde se haga el canto. No es necesario protegerse de esa forma, pues hay innumerables formas más avanzadas de protección sin necesidad de emplear la voz, pero este canto de protección es una vieja costumbre que nosotros tenemos.

Una vez habiendo llegado a la entrada de esta gran pirámide, vi como dos seres que parecían guardias custodiaban la entrada, y saludaron en forma de abrazo a los tres seres, mientras que a mí me hicieron una venia; luego, telepáticamente uno de ellos dijo: –bienvenido.

Este gesto por parte de ellos me hizo cuestionarme algunas cosas, pues parecía como si estuvieran acostumbrados a llevar humanos a su planeta, y esto fuera alguna costumbre rutinaria, ya que no vi ninguna mirada de sorpresa por parte de ellos, en lo más mínimo.

–¡Ven, entra con nosotros! –con mucha felicidad dijo "Uno".

Dejándome llevar por mi curiosidad, de nuevo los seguí, pues quería conocer lo que había dentro de esta gran pirámide; además, quería poder ver a los dueños de las voces que había escuchado.

Adentro, pude notar un espacio demasiado grande. En el medio, había un tipo de energía azul casi tocando el suelo que alumbraba toda la pirámide por dentro. Esta forma de energía era redonda con una línea blanca de luz que venía desde la cúspide de la pirámide hasta ella. También pude contar a dieciocho ancianos gigantes que se encontraban alrededor de esta energía, y que mientras se estaban tomando de la mano, formaban un circulo perfecto, cantando una especie de mantra.

–¿Qué es esa bola de energía? –muy curioso pregunté.

–Esa energía es el medio de alimentación. Nosotros absorbemos lo que necesita nuestro cuerpo en el momento. Es algo así como una recarga –"Uno" respondió.

–Pero me habías dicho que ¿ustedes también se alimentan con vegetales y agua?

–Por supuesto, nosotros tenemos cuerpo físico, y para mantenerlo no hemos perdido la costumbre de consumir algo físico. Sin embargo, poco a poco estamos llegando a un estado donde solo vamos a consumir energía –continuó "Uno"–. Es algo parecido al cambio que tienen las personas que quieren dejar de consumir carne, pues por más que quieran dejarla, el cuerpo la pide hasta que se acostumbre a no necesitarla.

–¿Ustedes no consumen carne?

–No, nuestros antepasados dejaron de hacerlo desde hace mucho tiempo, nuestros cuerpos no pueden resistir ese tipo de células muertas, pues si lo llegáramos a hacer, nuestros cuerpos enfermarían.

–¿Entonces es malo consumir carne? –pregunté.

–No hay nada malo. Cuando elevas tu conciencia, tú mismo vas cambiando tu forma de vivir; te das cuenta de muchas cosas que necesita tu organismo, y actúas según lo que necesite. Cuando adquieres este conocimiento, comprendes que el consumo de carne genera enfermedades de todo tipo; además, el organismo no digiere la carne por completo, mientras que los vegetales se aprovechan al máximo, y los residuos, el mismo cuerpo los limpia por sí solo. Pero tienes que tener en cuenta que todo es un proceso; si estás acostumbrado a consumir carne, tienes que ir desintoxicándote poco a poco, pues cualquier cambio drástico, puede generar una alteración en tu cuerpo, y eso hace que te genere problemas.

"Uno" tomándome de la mano y dejando a "dos" y "tres" en el lugar donde estaban, me dijo: –ven conmigo, quiero que conozcas a alguien.

Sin oposición alguna me dejé guiar como siempre lo hacía; me sentía como un niño dejándome llevar de este sabio gigante.

Cruzamos por donde estaba la energía y los seres cantando. También pude observar que, dentro de esta gran pirámide, había una especie de salón grandísimo con una puerta de cristal gigante en forma de circulo, y dentro del salón podía ver a un hombre con un atuendo azul y cinturón dorado, sentado en una silla también dorada, pareciendo esperar a alguien.

No pasó mucho tiempo antes de que "Uno" abriera la puerta y saludara en forma de abrazo al gran hombre sentado. Y que de forma recíproca éste hiciera lo mismo;

parecía como si fueran grandes amigos que se saludaban después de no verse por mucho tiempo.

"Uno" haciendo caso omiso a lo que yo fuese a pensar, y dejándome a solas con aquel hombre, me sonrió para luego salir del cuarto, cerrando la puerta de cristal que cancelaba todo sonido externo.

–Relájate y siéntate –señalándome una silla un poco más pequeña, aquel hombre de ojos azules y cabello blanco, sugirió.

Sin pensarlo mucho, y con la curiosidad en el estómago, me senté.

–¿Sabes por qué estás aquí? –el hombre me preguntó.

Con una mirada un poco insegura, pero guiado por la confianza que me producía aquel hombre, le respondí: –¿Para aprender?

–Más que eso, todos aprendemos de todos, pero tu misión más grande es: dar a conocer tus experiencias y enseñarlas a quien desee recibirlas.

–¿Enseñar? pero…

—Esta comunicación, aunque no lo creas, sale de tu interior.

—¿De mi interior? pero si hay tantas cosas que yo no entiendo —respondí.

—La telepatía es intercambio de información, yo te puedo explicar muchas cosas; por ejemplo, esto que te estoy diciendo en este momento, pero tu interpretas la información de acuerdo a tus conocimientos, y más que eso, a tu sabiduría. Por eso no son necesarias las diferentes lenguas o idiomas, pues en el mundo espiritual, cada quien es receptor de acuerdo a su nivel.

—¿Entonces yo no podría comunicarme con una persona que tenga un nivel más bajo que yo? —indagué.

—No hay seres que tengan niveles espirituales más altos o más bajos que otros; son solamente en diferente frecuencia. Cada ser, vive su vida de acuerdo a las experiencias que haya tenido, pues ¿cómo podrías pretender que alguien a quien nunca se le haya enseñado valores, actúe de forma correcta? sería muy injusto juzgarlo ¿No crees?

—Pues sí, pero… ¿Y si hace algo malo? ¿No se le debe juzgar? —pregunté.

—¿Qué es malo para ti? —el hombre me preguntó, estando a la expectativa de lo que yo le pudiese responder.

—Robar, por ejemplo.

—¿Has robado alguna vez?

—¡Nunca! —con mucho orgullo le respondí.

—¿Nunca te han dado dinero de más por haber comprado algo y te has quedado callado?

—Sí, pero eso no es robar.

—¿Qué es robar para ti? —me cuestionó.

—Pues quedarme con algo que no me pertenece.

—Exacto —respondió aquel hombre.

En ese momento me sentí como un tonto, me quedé pensativo. Me acababa de dar cuenta que sí había robado. Me sentía sucio, no me sentía merecedor de comunicarme con un hombre tan sabio.

De pronto, el hombre me interrumpió con una sonrisa suave y simpática —no te preocupes, nada en esta vida es malo, todo depende de cómo se mire y como nos sintamos ante el hecho. Hay muchas personas que roban por necesidad, tal vez no lo hacen con alguna mala intención, a lo mejor realmente lo necesiten, y por una u otra razón tengan que hacerlo. También porque pueden tener algún impedimento para trabajar. A algunos tal vez nunca se les enseñó valores o quizás porque las experiencias en la vida los hicieron así, pero eso no los hace malos, simplemente están viviendo lo que tienen que vivir, y su nivel espiritual no es alto ni bajo, es simplemente un nivel espiritual según las experiencias que a veces tienen que vivir. Recuerda que nada es coincidencia, que todo pasa por alguna razón, y que siempre hagas lo que hagas vas a pagar cuentas por ello, si haces algo, y te sientes culpable, vas a cargar un peso, pero si no te sientes culpable, entonces serás libre.

—Ósea que, si hago algo que a mi parecer es malo, pero no me siento culpable ¿no voy a pagar por ello?

—Si a tu parecer es "malo", entonces sabes que estás haciendo algo incorrecto, en cambio si haces algo y no te sientes culpable ¿Cómo vas a pagar por algo de lo cual no sientes culpa? ¿No te parecería injusto?

—Sí, pero… ¿Y las personas que han sido encarceladas siendo inocentes? ¿Ellos porque muchas veces tienen que pagar por ello?

—Las leyes físicas funcionan muy diferente a las leyes espirituales. O si no, ¿Cómo te explicas que un juez, o un líder ordene sentenciar de pena de muerte a un asesino? ¿Acaso eso no lo convertiría en asesino también? Te digo que las leyes terrenales necesitan ser corregidas, pues son hechas por los hombres y no hay nadie libre de pecado.

—¿Cómo se puede adquirir conocimiento o la sabiduría necesaria para crear leyes físicas que realmente sean eficaces?

—Simplemente recordando que: ¡El orgullo, alimenta al conocimiento, y la humildad, a la sabiduría!

Se vino una avalancha de ideas y pensamientos internos que me hacían admirar a este hombre, parecía tener respuesta para todo, pero aún me quedaban muchas dudas, así que pregunté:

–¿Es malo matar?

–Como te he dicho, nada en este mundo es malo, todo depende con la intención con que se cometan los actos; te lo ejemplifico, si matas a alguien tal vez por accidente ¿Por qué tendrías que pagar por ello si no lo hiciste con intención? Quizás con las reglas terrenales lo pagaras, pero en cuestión espiritual estarás libre, siempre y cuando no te dejes influenciar por la culpa.

–¿Ósea que si se hace apropósito es malo?

–¿Alguna vez has matado? –el hombre me preguntó.

–¡Jamás! –le respondí.

–¿Nunca has matado a algún animal?

–He matado insectos, pero es diferente.

–¿Qué lo hace diferente? Pues en verdad te digo que matar es matar y punto, le estas quitando vida a un ser.

–Sí, pero…

–¿Qué te hace a ti ser mejor que un animal?

–El hecho de que nosotros tenemos consciencia –respondí apresuradamente.

–Entonces, ¿No crees que por el mismo hecho de ser conscientes deberíamos actuar diferente? Si somos conscientes de nuestros actos, entonces ¿Para qué matar? Acaso… ¿No nos haría más culpables que aquellos que no tienen conciencia?

Mi silencio mental hacia un eco profundo al sentimiento de culpa que comenzaba a crecer con cada latido de mi corazón. Cada vez me sentía más pequeño al lado de este gran ser; no sabía qué hacer ni cómo reaccionar, tenía ganas de abrir un hueco en la tierra y depositar toda mi vergüenza.

El hombre con su benévola mirada y con la plena tranquilidad que lo acompañaba, me miró a los ojos y con un tono mental suave dijo:

–No hay de qué preocuparse, como ya te dije nada es malo, todos nuestros actos son experiencias que deben ser vividas. De esto aprendemos para hacernos mejores seres, y a la vez, elevar la consciencia por medio de la sabiduría. Cuando llegamos a un estado de consciencia elevado, podemos darnos cuenta que no tiene sentido hacerle daño a nadie, que siempre deberíamos actuar con amor, y que siempre deberíamos dar lo mejor de nosotros a todos los seres. –El hombre continuó–. Los seres que aún no elevan su consciencia, actúan de acuerdo a lo que necesitan aprender. Muchas veces las circunstancias sencillas de la vida no les ha dejado ser lo que realmente son. Muchas de las personas en tu mundo que cometen crímenes, siguen aprendiendo, y el sentimiento de culpa no los deja ser libres. ¡En el momento que ellos mismos aprendan a perdonarse, podrán avanzar!

—Y las personas que matan, pero no sienten remordimiento alguno ¿Qué pasa con ellos? –pregunté.

—Hay personas que tienen algún tipo de enfermedad mental; en ocasiones, se crea con algún trauma y en otras simplemente nace con ellos. También hay personas que son engañadas y cometen crímenes, pero algunos no sienten culpa ya que lo hacen persiguiendo un ideal. En estos casos no tienen que pagar por ello en cuestión espiritual, ya que su conciencia está tranquila, pero sí se crea una cadena a la que tú le podrías llamar: "Cadena karmática"; y en este caso, la persona no podrá librarse de eso hasta que adquiera conciencia de lo que hizo y se perdone a sí mismo.

—Y ¿Qué es exactamente la cadena Karmática?

—La cadena karmática es algo que solo se desempeña espiritualmente; es decir, es una especie de registro universal que queda grabado en el universo. Por ejemplo: si le haces algo a alguien, universalmente se crea un registro espiritual, si lo que haces es incorrecto, y te perdonas de corazón, éste se borra, pero si no te perdonas, o no tienes conciencia de lo que hiciste, ese registro aún sigue latente hasta que te liberes pagando por ello. Muchas veces lo pagas tú mismo, y muchas otras lo pagas con tu descendencia, pero todo esto es para adquieras conciencia de tu comportamiento y puedas liberarte de ello perdonándote a ti mismo y así elevar tu consciencia, recuerda: a veces nosotros llamamos a las cosas "malas", por nuestra propia ignorancia, pero si usamos la observación, podemos darnos cuenta que todo es para aprender, y para elevar nuestro nivel.

–¿Qué necesito saber para elevar mi consciencia?

–Necesitas librarte de tres cosas: el miedo, la culpa, y el enojo; estos tres sentimientos, son los que más energía te quitan. El miedo: hace que tengas obstáculos que no te dejan avanzar. La culpa: hace que tu corazón no esté libre. Y el enojo: te quita la paz interior.

–¿Y cómo hago para no sentir miedo, culpa, o enojo?

–El miedo lo sentimos cuando no hay conocimiento, pues un ser que desconozca algo va a sentir miedo a lo desconocido. Cuando comprendemos realmente algo, el miedo desaparece por completo. Por otro lado, el sentimiento de culpa se expresa, cuando comprendemos que hemos hecho algo indebidamente; por eso, es muy necesario siempre actuar de la mejor forma. Y finalmente el enojo se da, cuando no hay sabiduría, pues perdemos el control de nuestras emociones y permitimos que nos gobiernen. Por esta razón es muy necesario: ¡Aprender, para así saber comportarse sabiamente!

Algo confundido pregunté –¿cuál es la diferencia entre conocimiento y sabiduría?

–El conocimiento es: entender y discernir el porqué de las cosas. La sabiduría es: saber cómo actuar adecuadamente.

–¿Alguna vez has sentido miedo, culpa, o enojo? –pregunté.

Con mucha paz y a la vez mucho entusiasmo, aquel hombre me respondió: –¡Claro que sí! Mientras tengamos un cuerpo físico, todas estas emociones nos van a acompañar, para esto es necesario obtener sabiduría, para comprender las cosas y siempre actuar correctamente. Es muy normal que un ser falle, pues todos somos seres en constante aprendizaje, todos cometemos errores, lo importante es aprender de nuestras fallas para adquirir sabiduría; por eso es muy importante quitarnos nuestras culpas, puesto que ellas son las que condenan nuestra propia conciencia. Cuando perdonamos a los demás, también estamos perdonándonos a nosotros mismos, ya que así nos liberamos de nuestra propia culpa de sentir enojo o rencor hacia alguien y limpiamos nuestra alma.

–¿Cómo puedo perdonar a alguien que me ha hecho tanto daño?

–Entendiendo que cuando alguien le hace daño a alguien, es porque hay cierta ignorancia, pues actúa de acuerdo a lo que sabe, a los valores, a las cosas que ha aprendido en su vida, y muchas veces no es consciente de sus actos, u otras veces ignora las consecuencias de lo que está haciendo.

—Pero es tan difícil perdonar —opiné.

—Es difícil cuando te sigues aferrando al dolor causado por alguien, pero el daño te lo sigues haciendo tú mismo, pues sigues con la herida abierta y no permites que sane. Eso hace que se generen traumas, y te quita la esencia de tu propio ser, pues actúas siempre a la defensiva ya que vas siempre protegiendo tu herida abierta, y si otra persona la toca sin querer, ésta te va a seguir doliendo. Por eso es fundamental que perdones a los demás, así como a ti mismo, darte cuenta de que todos aprendemos, y siempre amarnos los unos a los otros.

En ese momento casi de inmediato, el hombre se acercó a mí, me abrazó y no pude evitar llorar como nunca en mi vida había llorado.

—Eres un gran ser, eso no lo vayas a olvidar —el hombre concluyó.

Aunque mis lágrimas seguían recorriendo mis mejillas, sentí mucha paz interior, pude visualizar a todas las personas que en algún momento de mi vida me habían hecho daño y con todo mi corazón, les perdoné.

El hombre extendió su brazo derecho, e invitándome a pararme, con la dulzura en sus ojos me dijo: —bien hecho, ¡ahora eres libre!

Orientado por la intuición, "Uno" entró al cuarto comprendiendo la libertad que tenía mi corazón, y supo que yo estaba listo.

–Vamos, es momento de que recibas un poco de energía. "Uno" replicó.

Entonces despidiéndome del hombre con una venia de agradecimiento y limpiándome mis lágrimas, empecé a seguir a mi amigo. Salimos del cuarto y comenzamos a caminar rumbo a la fuente de energía que se encontraba en todo el centro de la pirámide.

Cuando nos estábamos acercando, pude notar que los ancianos detuvieron su canto, para luego formar una fila donde todos empezaban a poner sus manos sobre la energía para absorberla, y ésta a su vez, hacía un pequeño resplandor de luz blanca en las palmas de sus manos.

–Bueno, vamos a tocarla. –"Uno" sugirió.

Entonces "Uno" dirigiéndose hacia la fuente de energía, y como si ya estuviera acostumbrado a manejarla, puso sus manos sobre ella. De inmediato, pude ver un resplandor en sus palmas cuando éstas hacían contacto con ella. "Uno" girando su cabeza y dirigiendo su mirada hacia mí, telepáticamente me decía: –ven, acaricia la energía.

Mi espíritu curioso y deseoso de conocer todo y saber sobre todo, no pudo contenerse más. Le dio permiso a mis piernas para que pudieran caminar dirigiéndose hacia la fuente energética.

Cuando palpé la energía azul, pude sentir un hormigueo en mis manos, pues estaba sintiendo como una especie de puntos energéticos titilando en diferentes partes de mis manos. "Uno" lanzó su mirada hacia mí, y pude sentir su comunicación diciéndome: –no te limites, absorbe la energía.

Mirándolo con un poco de incertidumbre le contesté: –pero… ¿Cómo lo hago?

–Tienes que creer en ti, imagina, visualiza, aprecia como tu cuerpo absorbe la energía –"Uno" replicó.

Cerrando mis ojos y concentrándome en las instrucciones de "Uno", comencé a imaginarme que mi cuerpo absorbía un poco de energía. Para mi sorpresa, en ese mismo momento, pude sentir como la energía entraba por cada poro de mi piel a través de mis manos un poco untuosas de la emoción; y experimentando así, un calor muy agradable que recorría todo mi cuerpo: desde mis manos hasta la punta de los pies. Me sentía vivo, con mucha energía, irradiaba mucha paz, sentía admiración por esos seres, me sentía nuevo, simplemente me sentía feliz.

"Uno" comprendiendo que ya había absorbido la energía necesaria, y que me encontraba listo y renovado, me tomó de la mano para luego decirme: —ahora vamos a otro lugar que quiero mostrarte.

Lleno de emoción me dejé llevar como un niño muy pequeño. Podía observar cómo íbamos saliendo de la pirámide mientras que el grupo de ancianos se quedaba absorbiendo energía de la fuente. "Dos" y "Tres" venían atrás de nosotros, parecía como si supieran exactamente cómo comportarse y como si estuvieran acostumbrados a hacer este tipo de cosas con los humanos.

Mientras que caminábamos para salir de la pirámide, muchas dudas que siempre había llevado conmigo comenzaron a abordar mi mente. No sabía si preguntarle a "Uno" o si era mejor callar y esperar a que él me enseñara.

—¿Quieres preguntarme algo? —preguntó "Uno".

—Es que tengo aún muchas preguntas, quisiera saber tantas cosas, por ejemplo ¿Cómo son los ángeles? ¿Es verdad que tienen alas?

Sin dudarlo, "Uno" con mucha dulzura y conociendo mis imágenes mentales, respondió –cada quien ve a los ángeles de acuerdo a los ojos espirituales. Ellos no tienen una forma específica, pues son seres de luz, pero cuando ellos se representan a las personas, lo hacen de acuerdo a lo que las personas conocen como bondad y se sientan cómodas.

–¿Y es verdad que ellos siempre nos están protegiendo? –pregunté.

–Siempre que se lo pedimos nos protegen. Ellos son asignados para estar disponibles para nosotros; para cuidarnos, para guiarnos, para protegernos. Aunque hay algo que es necesario saber: ellos no saben que es sentir frio, o sentir hambre. Como ellos no tienen un cuerpo físico, no disponen de este entendimiento, es por eso que ellos siempre nos aman incondicionalmente. También hay otro tipo de seres que no saben que nosotros existimos, pero esto te lo explico cuando nos volvamos a ver –"Uno" contestó.

Cada vez más y más dudas se instalaban en mi mente. Siempre había sido muy curioso, y siempre quería saber todo. Recuerdo que cuando era pequeño, todas las noches cuando veía las estrellas, le preguntaba a mi madre cosas sobre el espacio, o cosas sobre la existencia; por ejemplo, me cuestionaba mucho sobre que sucedía después de la muerte, o si era verdad que existían los espíritus, pero nunca obtenía respuestas. Pues, aunque mi madre tuviera mucho conocimiento, no lo podía saber todo. Eso, hacía conmigo una especie de frustración, y me invitaba a indagar por mí mismo, pero me di cuenta que aun así no encontraba respuestas. Y ahora tenía la oportunidad de poder preguntar sobre las cosas que siempre había querido saber; entonces sin pensarlo más, pregunté –¿Qué pasa después de que morimos?

–Como ya sabes, la "muerte" no existe. Es simplemente un proceso de cambio que atravesamos todos. En este proceso, cada persona se purifica de acuerdo a las impurezas que tenga, y dependiendo de lo que necesite resolver se determina si es necesario volver a nacer o si puede seguir al siguiente paso.

–¿Volver a nacer? –pregunté.

–Cuando estés listo te lo explico con mas profundidad, así que cuando vuelvas a verme te lo explicaré.

Intenté luchar contra mi curiosidad, pues quería saber muchas cosas, pero mi razón por fin entendió, y me aferré lo que "Uno" me quisiera enseñar.

"Uno" comprendiendo todo lo que pasaba por mi cabeza, replicó –siempre hay tiempo para todo, cuando nos veamos por segunda vez, tu conciencia ya entenderá y sabrá muchas cosas más.

A medida que íbamos llegando hacia la puerta principal por la que habíamos entrado, me sentía relajado y con mucha energía, pues me sentía un ser nuevo, pero hubo algo que me sorprendió mucho; estaba tan concentrado en lo que estaba preguntando a "Uno" que no había visto como "Dos" y "Tres" habían llegado tan rápido a la salida donde nos estaban esperando. Fue en ese momento cuando me di cuenta que se habían cambiado los papeles, ahora "Dos" y "Tres" eran los que nos estaban guiando mientras que "Uno" estaba atento a enseñarme.

Una vez saliendo de la pirámide, era imposible no quedarme admirando tanta belleza, pues era una pirámide dorada que con el reflejo blanco del cielo y los colores hermosos que compartía la naturaleza, hacía un recuadro en mi mente para nunca olvidar. También a lo lejos se podía ver las "aves" y los diferentes animales que tenían mucha similitud con los que habitan en mi planeta.

Mientras que "Uno" y yo nos dejábamos guiar por "Dos" y "Tres", yo caminaba sumido en mis pensamientos de admiración y curiosidad. Pude notar como nos dirigíamos por otro camino también formado por piedras amarillas que se adentraban hacia el "bosque". Vi colores en la naturaleza que nunca antes había percibido; intenté analizarlos, pero simplemente no pude, así que no tuve más remedio que admirarlos y disfrutar de este gran paisaje.

–¿Te gusta todo lo que ves? –preguntó "Uno".

–Demasiado –respondí con alegría.

–Cuando vemos algo nuevo, lo admiramos, pues nuestra curiosidad y nuestra experiencia nos hace sentir atraídos por conocer y explorar, pero una vez que ya nos acostumbramos, dejamos a un lado este sentimiento de admiración y se nos olvida la belleza que tenemos delante de nuestros ojos. Por eso es muy importante mantener viva esa llama de admiración por todo, así disfrutamos siempre del momento y eso nos ayuda a ser felices. –"Uno" continuó–. Es como cuando conoces a una persona especial en tu vida. Al principio va a haber una admiración y eso te hace ser especial también con ella, pero cuando nos dejamos llevar por la monotonía, te acostumbras a que los actos especiales se vuelvan parte de la rutina, y poco a poco se va apagando esa llama. Es por eso, que es muy importante mantenerla encendida con los actos humildes que puedas tener para con alguien, y disfrutar siempre de los momentos para poder amar.

Habiendo escuchado esto, una duda se había generado en mi cabeza; no había visto a ninguna mujer en este planeta, así que pregunté: –¿En este planeta hay mujeres?

–Claro que sí, así como ustedes, nosotros también tenemos nuestras parejas. Precisamente en este momento nos estamos dirigiendo para allá, para que también las conozcas –"Uno" respondió.

Llegamos a un camino donde había algo parecido a los árboles que conocía, con la diferencia que éstos eran de color purpura, y demasiado altos, pero muchos de ellos también tenían frutas. Por otro lado, también pude ver una entrada hecha con unas "ramas" en forma de arco creando una especie de camino que se adentraba hacia el "bosque".

"Dos" y "Tres" se veían muy emocionados al cruzar las ramas, mientras que "Uno" me miraba a los ojos y me animaba a continuar.

–Ven, falta poco para llegar –replicó "Uno".

Sin pensarlo mucho, decidí dejarme guiar por "Uno" y seguir a "Dos" y Tres" que eran nuestros guías de caminata.

Pasaron algunos minutos cuando me di cuenta que la zona rural se iba despejando poco a poco. A medida que íbamos llegando al lugar, pude ver a lo lejos una especie de aldea en campo abierto, donde se veían varios seres vestidos de la misma forma que mis queridos compañeros de viaje.

–Hemos llegado –replicó "Uno".

Observando alrededor mío, pregunté –¿qué es este lugar?

–Este sitio es donde nosotros vivimos; aquí están nuestras familias. Observa este lugar con atención, fíjate en como pasamos nosotros el tiempo acá.

Cada vez que nos acercábamos podía observar "Hombres", "Mujeres" y "Niños"; no lo podía creer, todo era tan parecido a mi planeta que, si no fuera por las grandes estaturas de cada uno de ellos, hubiera pasado desapercibido, pues las mujeres eran casi igual de altas como aquellos seres, mientras que algunos niños eran de mi estatura y otros un poco más grandes.

Noté como algunos seres de esta "aldea" saludaban en forma de abrazo a "Uno", "Dos" y "Tres", y ellos harían lo mismo. Después, vi como cada uno de ellos me hacía simpáticamente una venia de bienvenida, que yo contestaba con reciprocidad en forma de saludo.

Había niños jugando, algunos corrían y otros hacían algo que llamó mucho mi atención: cada uno de ellos iban corriendo hacia los "arboles", y con las palmas de las manos tocaban sus troncos, luego intercambiaban, hasta que cada niño hubiese tocado cada árbol para después reunirse todos juntos y ponerse a reír.

"Uno" con una mirada fija y comprendiendo que yo no entendía nada de lo que estaba pasando; con un suave gesto de ternura dijo: –¿Ves a esos niños jugando?

–Sí, pero ¿Qué están haciendo? –consulté.

–Ellos están jugando algo que consiste en dejar mensajes telepáticos en los árboles, para que otros niños los descifren. Es un juego muy común en este planeta. –"Uno" continuó–. En el planeta de ustedes hay personas que también juegan esto.

Demasiado sorprendido pregunté –¿Enserio?

–Así es, hay mucha gente que practica algunas cosas de las que nosotros les hemos enseñado. hay muchas cosas que aún no conoces, pero las vas a ir conociendo en el preciso momento.

Todo esto había caído como un balde con agua fría. Eran tantas cosas que desconocía que, con cada situación y cada momento, me iba sintiendo cada vez más ignorante.

–¿Existe algo más que pueda saber? –pregunté.

–¿Me quieres preguntar algo en particular? –respondió "Uno"

–Pues no sé, tengo tantas preguntas, por ejemplo: ¿Existe la magia?

–Sí, hay varios niveles de magia; están los trucos que usan los ilusionistas para hacer un show, éstos son simplemente eso, trucos que ellos preparan para entretener a la gente. Asimismo, hay otro tipo de magia que es real, ustedes le llaman magia negra y magia blanca, pero las dos son exactamente lo mismo.

–He escuchado de ese tipo de magia, pero ¿Entonces las dos son lo mismo?

–Así es, este tipo de magia es usado por personas en tu planeta empleando cosas físicas para cumplir con un objetivo. Este tipo de magia crea ciertas cadenas karmaticas dependiendo de la intención con que se haga. Hay personas en tu planeta que practican este tipo de magia para hacerle daño a alguien o para proteger a alguien, pero esto también te lo explico cuando vuelvas a verme. –prosiguió "Uno"–. También hay otro tipo de magia espiritual. Éstos, son poderes que puede adquirir cualquier ser, dependiendo del estado de pureza en nivel espiritual, pues es cuando se pueden lograr los famosos poderes mentales.

–¿Qué…? Entonces los poderes mentales ¿Realmente existen?

–En este momento estamos practicado uno, la telepatía.

Emocionado, pregunté. –¿Hay algún otro poder mental que me puedas mostrar aparte de la telepatía?

"Uno" señalándome con su dedo índice un montón de pequeñas rocas, me preguntó –¿Ves esa piedra negra que está allá?

–Sí –le respondí.

"Uno" lanzando una mirada a la piedra, hizo que ésta comenzara a temblar muy ligeramente, para luego moverse con más fuerza, hasta que saliera disparada del lugar donde estaba, para llegar suavemente a la palma extendida de "Uno".

Con la boca abierta, y con mi cuerpo paralizado, me quedé asombrado; no podía creer lo que estaba viendo. Pues había escuchado sobre la telequinesis, pero siempre había creído que era un mito.

"Uno" como siempre, conociendo lo que estaba pasando por mi cabeza, replicó –hay muchas personas en tu planeta que también lo pueden hacer.

–¿Enserio? –con asombro y con un poco de incredulidad, pregunté–. ¿Entonces por qué yo nunca he escuchado sobre ellos?

–Cuando una persona obtiene el conocimiento sobre algún poder mental, tiene solo la mitad para poder normalmente lograrlo, pues la otra mitad se basa en la pureza espiritual que tenga.

–¿Pureza espiritual?

–Así es, para lograr este tipo de cosas, es necesario limpiar nuestro espíritu, no dejar que nos gobierne el orgullo y que se nos suba el ego, pues esto impide la fluidez natural del propósito, y se bloquea. Es por esto que no has visto a ninguna persona que lo haga públicamente, pues cuando alguien lo hace para enaltecerse a sí mismo o por interés, el poder se va aislando. Digamos que una persona que realmente lo pueda hacer, es completamente consciente de lo que sabe, y no tiene necesidad de demostrarlo.

–Con la cabeza un poco agachada y con un poco de pena, le pregunté: –¿Yo también puedo hacerlo?

–Cuando vuelvas a verme te enseñare a hacerlo –"Uno" respondió.

Un poco frustrado y con muchas ganas de aprender, volteé mi mirada hacia "Uno" y le pregunté: –¿Por qué hay tantas cosas que no puedo conocer en este momento?

–Todo es un proceso. Aunque has aprendido muchas cosas, aun te faltan muchas cosas más por aprender. A pesar de que en este momento tu espíritu esté limpio, es necesario que pongas en práctica todo lo que has aprendido. Todo, es un proceso de liberación y crecimiento personal. Por eso cuando nos volvamos a ver, vas a comprender por qué no estabas listo. Recuerda que ¡el placer de la vida, es más sincero, cuando se evita una comprensión real!

Un "niño" vino corriendo hacia donde estábamos nosotros, y haló mi mano para que fuera a jugar. Un poco dudoso y con algo de pena, miré a "Uno" pidiéndole con la mirada que me rescatara de esta situación, pero "Uno" con una sonrisa de complicidad, y con un pequeño guiño, me dijo: –no te preocupes, ve y juega, se libre, aquí nadie te juzga, este juego también hace parte de tu aprendizaje.

Comprendí que era momento de dejarme llevar por mi instinto, y que necesitaba despojarme de todas las ataduras que traían "el qué dirán". Así que dejando mis prejuicios atrás, seguí de la mano a aquel nuevo compañerito de cabello blanco, ojos verdes, y un poco más alto que yo.

Ya estando en el lugar donde todos los niños estaban reunidos, noté como todos ellos sabían que yo no era perteneciente a este planeta, y con amabilidad única cada uno de ellos intentaba explicarme en qué consistía el juego.

Mucha información telepática proveniente de todos los niños era recibida sin ningún problema por mi cabeza. Era difícil asumir, cómo podía recibir y entender al mismo tiempo toda esta información sin necesidad de procesarla, pues según la información recogida podía comprender en qué consistía el juego: trataba en dejar mensajes telepáticos en un árbol, para luego ir a el resto de árboles y recolectar la información dejada por los otros niños, así como también descifrar quien había dejado cada mensaje, para luego reencontrarnos de nuevo en el centro del campo. Ganaba el juego, el primero que lograra llegar al centro del campo con todos los mensajes descifrados, y sabiendo exactamente a quien correspondía cada mensaje.

Parecía un juego muy fácil, ya que por lo visto yo estaba manejando la telepatía de forma magistral; entonces sin más preámbulo, y cuando todo ya estaba explicado, todos los niños en coro mental dijeron: —el juego inicia ahora.

Rápidamente corrí hacia el primer árbol que vi. Me acerqué a él, poniendo las palmas de mis manos sobre su tronco, intentando dejar mi mensaje. De pronto me paralicé por un momento, pues no sabía cómo dejar mi mensaje, y mucho menos que mensaje dejar.

Nervioso, y mirando hacia mi rededor para fijarme como los niños lo hacían, intenté hacer lo mismo. Puse mis manos de nuevo sobre el árbol, cerré mis ojos, y visualicé un mensaje desde lo más profundo de mi corazón, hacia la esencia viva del árbol: «Estoy muy agradecido por aprender tanto».

Cuando abrí los ojos, pude ver como los niños corrían hacia diferentes árboles, descifrando los mensajes para luego ir al siguiente árbol y dejar más mensajes. Sin perder tiempo, y sin querer dejarme ganar, yo también hice lo mismo.

Llegué a un árbol un poco pequeño donde había visto a uno de los niños dejar un mensaje. Tímidamente, puse mis manos sobre él para intentar recibir su mensaje; para mi sorpresa, y viendo como mi ego llegaba al piso, no pude recibir nada a pesar de toda la concentración que estaba utilizando. Me resultaba muy difícil creer como era posible comunicarme con todos ellos con tanta facilidad, pero recibir un simple mensaje de un árbol me era imposible.

Un poco frustrado y desanimado, corrí hacia el próximo árbol más cercano para hacer lo mismo, quizás nadie había dejado mensajes en ese árbol. Pero para mi sorpresa, y para que se terminara de apagar cualquier tipo de esperanza, obtuve el mismo resultado, pues ningún mensaje era captado por mi mente. Entonces ya resignado, me dirigí hacia el centro del campo para esperar a los niños que aún no terminaban.

Triste y aburrido, vi como uno por uno iban llegando al centro del campo donde yo les esperaba. Cada uno se sentaba en el césped azul verdoso en silencio mental a esperar al resto del grupo. Fue ahí que comprendí que una de las reglas del juego consistía en que nadie podía comunicarse con nadie hasta que el ultimo ser llegara.

Cuando el ultimo ser llegó, todos me miraban con la expectativa de que yo les contara mis mensajes. Muy acongojado, les miré para hacerles entender que no había podido recibir ninguno. Una de las "niñas" con una mirada de lástima dijo: –tranquilízate, eres nuevo en esto, ya verás cómo algún día lo lograrás.

De pronto, el que había llegado detrás de mí, comenzó a mirar a todos los niños para ir descifrándole a cada uno su mensaje; de repente, para mi sorpresa, lanzó su mirada hacia mí diciendo algo que devolvía mi alma al cuerpo alegrando mi corazón: –"Estoy muy agradecido por aprender tanto".

Mi piel se erizó, mi corazón se agitó, y no pude evitar sentir mucha emoción, pues no había podido recibir mensajes, pero por lo menos había logrado dejar el mío en el árbol, y eso me hacía estremecer de la felicidad.

Una vez acabado el juego, mis compañeros agradecidos se despidieron dándome cada uno un gran abrazo. Sentí mucha ternura y con tristeza los abracé también, pues en tan poco tiempo ya me había encariñado con ellos.

Retórico comencé a caminar hacia donde estaba "Uno", y mientras lo hacía, no podía dejar de sentir dos cosas: por una parte, orgullo, y por otra, decepción; aún mantenía en mi memoria el sin sabor por no haber podido recibir los mensajes plasmados en los árboles ‹‹¿Acaso tenía que haber usado alguna técnica en especial? ¿Acaso no es posible para nosotros los humanos hacerlo?››. Después de tanto pensar, y analizar la situación, llegué a la conclusión que no tenía respuesta. Según lo que me había dicho "Uno", en mi planeta había personas que practicaban este juego. Esto hacía que la segunda pregunta generada en mi cabeza, quedara totalmente descartada.

Cuando llegué donde "Uno" se encontraba, él miró fijamente mis ojos marrones, y me preguntó: –¿Qué pasa? ¿Por qué estas triste?

–Como ya sabrás no pude recibir los mensajes de los árboles, pero… ¿Por qué no pude? –le pregunté queriendo averiguar.

–Tranquilízate, mira te voy a explicar. Cuando tú te comunicas con nosotros, es posible porque nosotros te facilitamos el proceso de hacerlo, pues nos acomodamos a ti para hacerte fácil esto; recuerda, nosotros tenemos toda una vida de práctica, podemos ajustarnos al nivel espiritual de cada ser. En cambio, todo esto es muy nuevo para ustedes. La telepatía ustedes la dejan atrás, en el momento que comienzan a hablar, es por esta razón que no estabas apto para poder recibir los mensajes dejados en los árboles, en ese momento estabas tú solo manejando la telepatía, y aun te falta un poco de práctica.

–¿En el momento que comenzamos a hablar la dejamos atrás? –no entiendo.

–Así es, los bebes traen consigo la esencia espiritual abierta, esta esencia se va cerrando a medida que ellos se van acomodando al mundo físico; es decir, cuando comienzan a usar las palabras como forma de comunicación, la telepatía se va quedando atrás hasta dejarla olvidada por completo. También cuando van cerrando sus ojos espirituales, dejan de ver a los seres espirituales, ya que en su nuevo mundo solo necesitan sus ojos físicos. Es por esta razón que, en tu planeta, los niños son más sensibles a ver ángeles y seres espirituales; desafortunadamente, ellos se van contaminando a medida que van creciendo, y luego tienen que descontaminarse para despertar de nuevo.

–¿A qué te refieres con contaminación?

–Los adultos de tu planeta muchas veces los contaminan sin querer, es decir: ellos no dejan ser libres a los niños, les van enseñando creencias e ideas que ellos creen que están bien, y les van cambiando sus propios instintos espirituales; en otras palabras, cuando un niño ve cosas o habla con un ser espiritual, los adultos les hacen creer que están imaginando, y terminan cerrando su esencia espiritual. Este error lo cometen muy seguido, y cuando los niños crecen, terminan haciendo lo mismo que sus negligentes padres formando así una cadena. –prosiguió "Uno"–. Te puedo decir que hay muchas personas en tu planeta que aun sienten esta esencia espiritual, y tienen la necesidad de ayudar*. Lo importante es seguir ese instinto y no dejar apagar esa llama.

Haciéndome una seña de que lo siguiera, "Uno" dijo: –vamos allí, quiero que compartas con nosotros, es hora de comer.

Disponiéndome a adquirir un nuevo aprendizaje, y sin querer molestarlo haciéndole más preguntas, comencé a seguirle. Me di cuenta de que nos dirigíamos a una "casa" muy grande, redonda, hecha de un metal parecido al aluminio y recubierta con cristal.

–¿Estas construcciones son hechas con aluminio? –pregunté.

–No, es un metal que no existe en tu planeta, este metal es muy maleable y dependiendo del proceso que se utilice, puede llegar a ser más delgado que el aluminio, y a la vez más fuerte que el hierro.

–¿Las naves que ustedes usan, también son hechas con este material?

–Así es, este metal es muy resistente y por eso lo usamos mucho, ya que necesitamos viajar a diferentes planos dimensionales. Además, nosotros también usamos algo muy parecido a las ondas eléctricas que usan ustedes, y este metal es mucho mejor conductor de electricidad que la plata. Además, debido al proceso de difusión que hacemos con el oro, hace que tenga más resistencia a la oxidación.

–¿Entonces ustedes también manejan el oro y la plata?

–Por supuesto; la pirámide que viste es hecha con oro. En este planeta hay muchos metales que ustedes usan y también otros que ustedes no conocen.

–¿Y cómo se llama el metal del que me hablaste?

–pregunté.

–Como ya sabes, nosotros no le ponemos nombres a las cosas, pues conocemos todo por su esencia energética. Esta comunicación es telepática, y te comunico todo de acuerdo a la esencia energética de cada cosa. De esta manera, tu interpretas todo acorde a tus conocimientos, y aunque estás aprendiendo cosas nuevas, tu subconsciente se encarga de asociar las cosas que ya conoces con las cosas nuevas que ves, para crear un nuevo pensamiento. Pero en tu interior tienes más información de la que crees que tienes.

–¿Entonces yo sé más cosas de lo que supuestamente sé? –pregunté.

–Todos los seres así como las personas de tu planeta, nacen con mucha información interior, y dependiendo del plano donde nazcas, vas adaptándote usando la información necesaria para comenzar tu nueva vida. La información que no usas, la dejas dormida, pero ahí está, esperando a ser despertada.

–¿Y qué información no uso?

–Antes de que me conocieras no usabas la telepatía, por ejemplo. Si hubieras nacido en nuestro planeta, esta información y mucha otra la dejarías fluir, y sería muy normal para ti.

Como mi cabeza era demasiada inquieta, hizo que se me ocurriera una pregunta, y debido a* que mi curiosidad era más grande que mi pena, pregunté –¿Por qué nací en el planeta tierra y no en otro planeta? Como en este planeta, por ejemplo.

–Como ya te dije antes, tu naciste con una misión: tu finalidad es hacer concientizar a las personas de tu planeta para tener un mundo mejor.

–¿Y cómo hago esto? –pregunté.

–Ya encontraras la forma, lo importante es que no dejes apagar la llama espiritual. De todas maneras, este no es tu único viaje, es apenas ¡tú primer viaje! –Muy emocionado y con mucha felicidad prosiguió "Uno"–. Nosotros nos veremos en muchas ocasiones y continuaremos guiando tu camino.

–Todo esto es tan confuso… la verdad no me siento digno de tener una misión tan enorme y con tanta responsabilidad –proseguí–. Además, no soy perfecto ¡tengo tantos errores!

–Y ¿Quién no ha cometido errores? lo importante es saber manejarlos y seguir creciendo. ¡Animo amigo! Ya verás cómo las cosas van encajando en su lugar. Nosotros sabemos que eres la persona correcta. Algún día entenderás esto que te estoy diciendo –Continuó "Uno" con un poco de nostalgia–. Cuando vuelvas a tu mundo, vas a pasar por muchas pruebas; que, de la emoción, vas a querer contar todo lo que has vivido aquí, y asimismo querrás enseñar todo lo aprendido a muchas personas, pero habrá gente que no tendrá los* oídos para escuchar, y esto te frustrará. No obstante, es necesario que pases por estas circunstancias, para que te hagas más fuerte, tienes que saber que llegas con conocimiento un poco difícil de explicar. Imagínate a una persona que haya nacido ciega; para ella sería normal ese mundo lleno de oscuridad, y por más que le expliques como son las cosas que tú ves, no podrá saber realmente cómo son, a menos que adquiera la vista. Y una vez que lo haga, va a valorar más ese nuevo mundo lleno de colores y formas, que una persona que esté acostumbrada a "ver" toda su vida. Es por esta razón, que ¡es necesario que una persona pase por un momento de duda, ya que cuando despierta, se da cuenta del verdadero valor de la vida!

Unos instantes después, "Dos" y "Tres" nos interrumpieron para hacernos entender que estaba lista la comida. "Uno" señalando el camino de la entrada de la casa, me invitó a pasar. Con algo de timidez, entré, siguiendo a "Dos" y "Tres", mientras que "Uno" permanecía detrás mío.

Pude observar cosas muy similares a las que ya conocía: había "sillas" y "mesas" hechas de cristal y de diversos metales. El piso y las paredes eran blancos, estaban fabricados en piedra, podía notar que habían sido pulidos para que fueran lisos y brillantes.

Mientras caminaba por el corredor, podía ver cuartos muy grandes a mis dos costados, cada uno con su inmensa puerta metálica en forma rectangular, muy parecida a las de mi planeta. En el fondo del pasillo había igualmente un cuarto enorme sin puerta, que a mi parecer era la "sala", porque tenía una mesa gigante rodeada con muchas sillas.

Cuando llegamos a la "sala", vi un gran banquete servido sobre de la mesa para que cada quien cogiera lo que quisiera. Me pareció curioso ver varias sillas de tamaño regular, junto a las otras sillas gigantes.

–¿Y esas sillas? –le pregunte a "Uno" girándome para verle.

Con un gesto muy dulce "Uno" me respondió: –es para ti… Anda, siéntate, yo estaré sentado a tu lado.

Sin preguntarle más, seguí sus "órdenes". Tal vez de nuevo estaba aburriéndolo con mis preguntas obvias, y eso era lo que menos quería hacer.

Sentándome en una de las sillas, noté que a mi lado derecho había una pequeña palanca. "Uno", conociendo mis pensamientos, y conectándose conmigo en forma telepática, dijo: –esa palanca es para que eleves la silla hasta alcanzar la mesa. Si la empujas hacia delante, elevas la silla, y si la tiras hacia atrás, haces que descienda hasta llegar al piso.

Sin pensarlo, comencé a elevar la silla, pero para mi sorpresa, vi que no era el único que estaba haciendo esto, pues varios niños en sus sillas con palanca, hacían lo mismo para alcanzar la mesa.

No pude contenerme, y conté el número de "personas" que había. Eran veinte seres que incluían: a mis tres amigos, "Hombres", "mujeres", "niños" y "niñas". Todos juntos sentados en la mesa listos para deleitarse con este suculento manjar que constaba de: verduras, sopas y guisados, había jugos y frutas algo extrañas, "panecillos" redondos junto a algo que parecía ser arroz, y también vi postres de distintos tamaños. Me di cuenta de cómo los "hombres", servían comida a los "niños" en sus pequeños platos; haciéndome entender lo parecidos que éramos los humanos a estos seres.

"Uno" hizo lo mismo. Comenzó a servirme diferentes porciones pequeñas de cada alimento sin preguntarme nada.

Entendí que "Uno" pretendía que yo probara de todo; quería darme la oportunidad de disfrutar de cada platillo, y sin ninguna oposición, así lo hice.

Empecé probando los panecillos, ya que eran muy similares a lo que yo conocía. Me quedé atónito; porque, aunque fueran un poco más grandes y tuvieran la textura más delgada, sabían exactamente igual a un pan delicioso recién salido del horno.

–¿Cómo es posible que estos panes tengan el mismo sabor a los panes de mi planeta? –le pregunté a "Uno".

–En tu mundo hay algunos lugares que tienen similitudes a cosas y costumbres que tenemos aquí, pues nosotros hemos influenciado en gran parte a conocimientos típicos, y prácticas de ustedes en diferentes culturas –"Uno" respondió.

Aunque pudiera seguir la conversación, y la comunicación telepática no afectara en nada al momento de masticar la comida, quería solamente concentrarme en los sabores y disfrutar de cada platillo sin ninguna distracción. Entonces poniéndole punto final a nuestra "charla", me deje llevar por mi paladar.

"Uno" comprendiendo la situación, dejó que disfrutara mi momento; yo estaba muy emocionado, parecía un pequeño niño en una tienda de dulces. Había mucha comida y cada comensal (incluyendo a "Uno"), parecía estar disfrutando de cada bocado. También hice lo mismo y probé todas las diferentes porciones que ya estaban en mi plato; comí frutas y postres, bebí agua refrescante, aproveché al máximo el momento y pude deleitarme con estos deliciosos manjares. Había comida que tenía sabores similares a platos que había probado alguna vez, pero también, había otros que no. Sin embargo, no quería desaprovechar esta oportunidad, y poco a poco fui degustando cada sabor hasta que mi estómago quedara satisfecho sintiendo a cada célula de mi cuerpo agradeciéndome; y en retorno, brindándome mucha energía, haciéndome sentir vivo.

Sin darme cuenta, todos terminamos de comer casi al mismo tiempo; fue como si hubiera un cronometro invisible y cada uno de nosotros lo siguiéramos sin caer en cuenta, o tal vez, estábamos todos conectados de alguna forma sin poder explicarlo.

"Uno" por su parte se dirigió hacia mí, y con una suave sonrisa dijo: –vamos, es casi momento de que regreses a tu planeta, pero antes, quiero mostrarte un lugar.

No podía creer que esa información, de alguna forma haría que golpeara la realidad. Tal vez estaba acostumbrándome a este planeta, o tal vez estaba feliz de volver. Tenía muchas emociones encontradas: sentía felicidad, nostalgia, tristeza, emoción, nerviosismo, curiosidad. Eran tantos sentimientos, que hacían que en mi cabeza se mantuviera exaltada.

–¿Y los platos? ¿Quién los recoge? –pregunté.

–No te preocupes, aquí hay alguien encargado de eso –"Uno" respondió.

–¿Entonces ustedes contratan a alguien para que limpie?

–No, en este planeta nadie trabaja –"Uno" respondió con una mirada afectuosa.

–¿Entonces como hacen?

–Aquí en nuestro planeta, nos repartimos las labores dependiendo de los gustos de cada quien; es decir, hay seres a los que les gusta cocinar, a otros les gusta construir cosas, otros cuidan de los niños, otros disfrutan cosechar o recoger, y así, cada quien es libre de hacer lo que le guste y lo que más le llame la atención hacer.

–¿Y si alguien no quiere hacer nada? ¿Cómo hacen para lidiar con eso?

–Aquí no existe nadie que no quiera hacer algo, ninguno de nosotros nos sentiríamos bien aprovechándonos de los demás. Cuando cambias de conciencia te das cuenta que es muy gratificante ofrecer un servicio, sabes que cuando ayudas a los demás te ayudas a ti mismo, pues la recompensa de ¡dar! es más valiosa que la de ¡recibir!, porque cuando das, recibes buena energía, recibes paz en tu corazón, recibes limpieza en tu conciencia; en cambio cuando recibes algo material, solamente recibes lo que recibes.

–Es hora de irnos –replicaron "Dos" y "Tres" telepáticamente al mismo tiempo.

No pensé más y tiré de la palanca hacia atrás para bajar la silla hasta llegar al piso.

"Uno", "Dos", y "Tres" se pararon de sus sillas y agradeciéndoles a todos los que estaban en la mesa, se miraron abrazándose entre sí, y despidiéndose muy cordialmente. También noté como cada uno de los que estaba allí, se despedían de mi, haciéndome venias; era como si supieran que era mi momento de partir. Yo hice exactamente lo mismo agradeciéndoles por todo, y por el gran servicio que había tenido. Luego, mis tres amigos me lanzaron una mirada muy conocida y comprendí indiscutiblemente, que era momento de seguirlos de nuevo. Así que caminando cada uno detrás del otro, salimos de la sala cruzando el pasillo, hasta llegar a la puerta principal.

Cuando salimos de la gran "casa", "Uno" con la tranquilidad que lo caracterizaba dijo: –ahora vamos a un lugar muy bonito que estoy seguro que te va a gustar bastante.

"Dos" y "Tres" conociendo el recorrido, comenzaron a caminar por otro camino construido con piedras lisas. "Uno" como siempre a mi lado estando atento para enseñarme y explicarme sobre lo que yo no comprendía, y yo con toda la curiosidad del mundo y recibiendo el mayor conocimiento que pudiera obtener, comencé a seguirlos.

Otra vez pasamos por muchas partes muy parecidas a las que ya había visto. Había árboles, ramas y "flores" de diferentes colores, había "animales" parecidos a conejos y también aves de diferentes tamaños. Todo este planeta estaba vivo. El aire tan puro, los animales tan libres, el cielo tan blanco, las plantas tan suaves. Intenté de alguna forma mirar este planeta desde otra perspectiva, quise descubrir si podía ver algo de lo que yo me pudiera quejar, pero… todo era tan perfecto.

Mi cabeza y mis ojos no podían parar de disfrutar todo. Era difícil no poder contemplar tanta belleza, volteé mi cabeza y puse mi mirada sobre "Dos" y "Tres"; quería ver si ellos también admiraban lo que yo, y me di cuenta de que ellos solamente se enfocaban en su camino. ‹‹Tal vez si ellos estuvieran en mi planeta harían lo mismo que yo›› –pensé–. ‹‹Entonces es verdad lo que "Uno" me dijo.

Realmente estamos tan acostumbrados a ver lo que vemos todos los días que no admiramos lo que tenemos en el momento»›.

–Así es –"Uno" me interrumpió, sabiendo todo lo que estaba pensando–. A ninguno de nosotros se nos olvida apreciar lo que tenemos, lo que pasa es que a veces nos enfocamos en otras cosas, y pasamos por alto disfrutar de estos valiosos momentos.

–¿Entonces ustedes también lo hacen? ¿A ustedes también se les olvida disfrutar de esta naturaleza que yo estoy disfrutado en este momento? –pregunté.

–Todos nosotros vemos las cosas diferentes, tu puedes estar viendo lo mismo que yo estoy viendo y lo estamos disfrutando de formas distintas, pues cada quien ha vivido una vida diferente, y el valor de algo cambia dependiendo de nuestras experiencias; por ejemplo, si una persona de tu planeta, que viene del campo, ve una montaña, le puede parecer algo muy habitual; ya que está acostumbrada a verlas, pero una persona de ciudad la podría disfrutar un poco más– prosiguió "Uno" –. En cambio, sería al contrario si en vez de una montaña fuera un edificio; la persona del campo estaría fascinada observándolo, mientras que para la persona de ciudad sería algo muy cotidiano.

–Comprendo, entonces "Dos" y "Tres" no están disfrutando de este hermoso paisaje como yo lo hago, ya que están acostumbrados a verlo.

–Sí, ellos lo están disfrutando, pero no como tú lo haces. Para ti todo es nuevo, estás viendo cosas que nunca habías visto. Ellos por otro lado, están más enfocados en mostrarte el camino para que te deleites con las cosas bellas que este planeta aporta. Nosotros estamos disfrutando viéndote disfrutar a ti –continuó "Uno" –. Mira esas aves, ellas están gozando de este instante y lo están haciendo sin importarles lo que estamos haciendo, cada quien disfruta y vive un momento diferente.

–¿Ustedes también disfrutan cuando viajan a mi planeta? –pregunté.

–Por supuesto, nosotros admiramos mucho muchas cosas que a veces ustedes dan por sentado. También hemos guiado a muchas personas para que cambien el mundo, tu eres una de ellas.

–¿Yo?

–Sí, tu.

–¿Y cómo voy a cambiar el mundo?

–Con el sentimiento del amor–. "Uno" replicó.

–¿Qué es el amor? –pregunté.

–El amor es el sentimiento más puro que hay: es un sentimiento libre, es algo que sientes por algo o por alguien, sin querer pedir nada a cambio.

Objetivamente respondí –entiendo, es como cuando una persona se enamora, pues quiere estar con esa persona todo el tiempo porque la ama.

–El enamoramiento y el amor son dos cosas completamente diferentes. Cuando estás enamorado de una persona, quieres estar todo el tiempo con ella, compartir cada instante, disfrutar de cada oportunidad, pero en el momento que esa persona falta, te duele el alma, sientes que la necesitas, sientes que sin ella no vas a vivir. A veces te vuelves terco, cometes el error de convertirte en controlador, y creas un apego. Por el contrario, cuando amas a una persona, la dejas ser libre, solo quieres su felicidad sin importar si está contigo o no. Es un sentimiento bonito, sin prejuicios, sin apegos, sin dolor, pues es un sentimiento puro.

–¿Yo puedo estar enamorado y sentir amor al mismo tiempo?

–Sí, puedes estar enamorado de una persona y al mismo tiempo amarla, pero tienes que tener mucho cuidado para no sentir obsesión, porque cuando sientes la necesidad de no poder vivir sin ella, no ser feliz sin ella, o estar apegado hacia ella, entonces no estas sintiendo amor verdadero.

–¿Cómo saber si siento amor verdadero hacia aquella persona?

–Cuando permites que sea libre y aun así eres feliz porque esa persona es feliz.

Llevado por mis dudas, me detuve a pensar un poco; me di cuenta que yo ya había pasado por todos los procesos: me había enamorado de alguien, me había obsesionado con ella, y ahora la amaba; porque, aunque ella no haya querido estar conmigo y se hubiera llevado la luna que le regalé, mi alma y mi corazón estaban felices de saber que ella nunca iba a estar sola, pues mi luna la acompañaría por el resto de su vida.

"Uno" conociendo la nostalgia que tenía mi corazón, contempló mis ojos, y con una mirada sensible dijo: –eres una gran persona ¡Realmente sabes amar!

No alcanzarían a pasar algunos segundos antes de que "Dos" y "Tres" muy emocionados recitaran en tono telepático la misma frase que siempre hacía calmar mi curiosidad –¡hemos llegado!

Giré mi cabeza intentando descubrir por todos lados, ese grandioso lugar que tanto querían mostrarme, pero no hacía más que ver lo mismo que había visto en todo el viaje.

‹‹¿Esto era lo que me querían mostrar? ›› –Pensé–. ‹‹Para esa gracia nos hubiéramos quedado al principio del camino, si de todas formas iba a ver lo mismo que estoy viendo ahora››.

–¿Qué te extraña? –preguntó "Uno" –. ¿Estas decepcionado? ¿Tan rápido te acostumbraste a ver todo esto, que ya no te emociona?

Ofuscado, desilusionado, y con la cabeza agachada respondí: –pues no, pero… me imaginaba algo diferente.

–Estabas tan emocionado disfrutando del camino porque sabias que ibas a conocer algo espectacular y no te importaba ser feliz, aunque fuera por un instante, pero ahora que ves lo que ves, te arrepientes de haber caminado –"Uno" prosiguió–. Exactamente así es la vida. Muchas veces nos sentimos emocionados cuando tenemos una meta o algo por que luchar; pero cuando las cosas no salen como queremos, nos deprimimos, y se nos olvida lo felices que fuimos cuando recorrimos ese camino que tanto añorábamos. La vida se trata de vivir el momento, de disfrutar cada instante, de dar todo de ti sin esperar nada a cambio, de ser felices constantemente, y de amar incondicionalmente.

–Tienes razón, a veces me dejo llevar por las emociones y olvido todo lo que poseo, pero intentaré seguir tus consejos… disfrutaré de cada momento y seré feliz con lo que tengo; en este caso, este hermoso paisaje –respondí.

"Uno" conociendo mi corazón y sabiendo que yo aún estaba aprendiendo, no se contuvo más y despejando unas ramas, expresó: –sígueme.

Sin cuestionar nada, comencé a caminar detrás de mi gran amigo. Lo seguí por una especie de túnel corto formado por las ramas, mientras que mis otros dos amigos venían detrás de nosotros.

Duramos un poco caminando por el espacioso túnel, cuando vi algo espectacular: era el mismo lago que había visto antes, pero ubicado en otro extremo, pues la salida del túnel daba justo de frente con el lago.

Cuando salimos del túnel, pude observar lo extenso del lago y su agua tan cristalina que reflejaba las dos grandes y hermosas montañas que lo protegían.

También había algo que me maravillaba mucho y que aún no podía entender. Era el hecho de que este hermoso lago produjera esos diferentes colores que brillaban con el reflejo blanco del cielo, algo increíble.

–¿Por qué el agua difunde esos diferentes colores tan brillantes y tan bonitos? –pregunté.

–Ven, vamos a acercarnos a la orilla para que lo comprendas –"Uno" respondió.

Sin contrariarlo en lo más mínimo, y como un niño feliz en una playa, me dejé orientar, mientras que "Dos" y "Tres" nos esperaban sentados en el "césped".

Cuando nos acercamos la orilla, pude regalarle tranquilidad a mi curiosidad. Pude observar piedras dentro del lago de diferentes tamaños y colores. Era una vista espectacular, parecía un arcoíris muy brillante irradiando sus colores más intensos.

Entonces, proseguí a quitarme los zapatos, los calcetines, me arremangué el pantalón, y lentamente entré al lago hasta que el agua llegara a mis rodillas.

"Uno" se quedó en la orilla sentado, observándome disfrutar mi momento, mientras que yo saltaba, corría, levantaba piedras para admirarlas y luego volver a lanzarlas al lago. Parecía como si no existiera nada más, no me importaba el qué dirán, tampoco lo que mis amigos fueran a pensar, pues en ese instante era libre, y no había nada que me detuviera.

Levanté una piedra muy pequeña que tenía varios colores, también brillaba con el reflejo blanco del cielo, y mientras que la rotaba para verla por todos lados, aparentaba cambiar de color. Dirigí mi mirada hacia "Uno" y con algo de timidez, le pregunté: –¿Me puedo quedar con esta piedra?

"Uno" con mucha tranquilidad y devolviéndome mi confianza me respondió: –¡Claro que sí, ese es un obsequio para que siempre que la veas, recuerdes todo lo que has aprendido!

–Muchas gracias –respondí muy alegre y entusiasmado.

Envuelto en felicidad, guardé la pequeña piedra en el bolsillo derecho de mi pantalón, para seguir jugando y saltando. Era como si el tiempo no existiera, no había preocupaciones ni prejuicios, seguía estando yo disfrutando de mi momento.

Sin embargo, después de un rato estaba un poco cansado; así que, dirigiéndome hacia donde estaba "Uno", me senté junto a él, y así los dos, cada quien enfocado en las imágenes que pasaban por nuestros ojos, admirábamos silenciosamente ese hermoso paisaje.

–¿Qué tal te parece todo esto que estás viendo? –preguntó "Uno" con su mirada perdida en el horizonte.

–Es algo que no puedo describir. Es espectacular, nunca en mi vida imaginé algo similar.

–¿Sabes por qué te trajimos aquí?

–No, ¿Por qué? –dudé.

–Para que te des cuenta lo grandioso que es Dios.

Como si me hubieran echado una cubeta de agua fría quede paralizado; en todo el tiempo que había estado con los seres no había preguntado sobre Dios. Pero aprovechando la ocasión y sin ninguna preocupación, consulté: –¿Conoces a Dios?

"Uno" con mucha seguridad, pero al mismo tiempo con mucha dulzura respondió –no solo le conozco, sino que siempre le veo.

–¿Lo puedes ver?

–Dios está en todo y en todos. Ves a Dios cuando hallas maravillas como estas y las aprecias con todo tu corazón, cuando disfrutas y agradeces por lo que tienes, cuando eres humilde, cuando perdonas a alguien, cuando amas a los demás*.

–¿Entonces Dios es todo?

–Dios se representa en lo que te hace sentir paz en tu corazón y alegría en tu espíritu.

–¿Entonces Dios no es un ser?

–Si decimos que Dios es un ser, estaríamos siendo egoístas, porque Dios está en todas partes, Dios se encuentra en la sonrisa de un bebé, en la ternura de un animal, Dios lo es todo y todos somos parte de Dios. Por esto es indispensable siempre tratar de la mejor forma a todo el mundo, ya que Dios se representa en todo y en todos.

–Siempre había creído que Dios es un alguien, pues desde pequeño se me enseñó que Dios era un ser que me castigaba si me portaba mal –repliqué.

–Si Dios castigara por tu constante aprendizaje, entonces ¿para qué querrías aprender?

–¿Aprendizaje? –pregunté.

–Sí, recuerda que lo "malo" no existe. Todos los errores que cometes, son aprendizajes que estás adquiriendo, de cada experiencia aprendes para crecer como persona, y si Dios te castigara por hacerlo ¿Entonces que aprenderías? –continuó "Uno" –. Dios no castiga, Dios es amor, es comprensión total, es misericordia, Dios es unión, Dios nos ama tanto, que nos deja ser libres para que sea más gratificante la recompensa cuando crecemos espiritualmente.

–Y las personas que nacen pobres, o las personas que nacen con enfermedades ¿Por qué Dios permite eso? –pregunté.

–Para aprender y purificar el alma, para poder ser libres y así crecer espiritualmente.

–¿Purificar el alma?

–Sí, hay cadenas que deben romperse, y muchas veces son tan fuertes que es necesario experimentar el dolor para poderlo curar; Dios es tan misericordioso que nos da la oportunidad de sentirlo, para que sepamos exactamente qué es lo que debemos sanar.

–¿Cada vez que sufrimos purificamos el alma?

–pregunté

–Si aprendes de ello, sí –"Uno" respondió.

–¿Podría pasar que una persona sufra y nunca aprenda?

–Por supuesto, hay personas que se aferran al sufrimiento y generan más traumas que, a su vez, crean más cadenas. Por eso es muy importante aprender a liberarse, aprender a quitarse culpas, y a comprender el porqué de las cosas, para actuar correctamente.

–¿Bueno, y cómo una persona puede hacer eso?

–Como ya lo sabes: perdonándose a sí mismo y perdonando a los demás –"Uno" respondió.

Después de haber dicho esto, mi gran amigo "Uno" señalando ese hermoso paisaje que estaba ante mis ojos, me preguntó: –¿Qué ves allá?

Un poco dudoso y sin saber específicamente a que se refería, respondí: –veo un hermoso lago acompañado de dos grandes montañas.

–¿Qué más ves?

–Veo aves volando, y el agua cristalina que brilla produciendo varios colores –respondí.

–¿Y qué sientes al ver todo esto?

Me quedé pensando, respiré profundo tomando aire puro, y con una gran sonrisa respondí: –siento paz, alegría, tranquilidad.

"Uno" conmovido replicó: –quería mostrarte esto, para explicarte que siempre que sientas lo que estas sintiendo en este momento, recuerdes que ¡Dios está contigo!

Respetuosamente, "Dos" y "Tres" acercándose a donde estábamos "Uno" y yo, se sentaron a la orilla justo en frente de nosotros formando un circulo.

–Es casi tiempo de partir, dijo "Dos" mientras me miraba fijamente a los ojos.

En cierto modo y de alguna forma, me estaba acostumbrando a este nuevo mundo. Me encantaba la vista, me gustaba la forma de vivir, me sentía estupendo respirando este oxigeno tan puro. También era verdad que extrañaba a mi familia, pero estando aquí, ese sentimiento se iba alejando de mis prioridades.

–¿Me puedo quedar un poco más? –pregunté.

"Dos" con la mirada tierna, y tomándome de mi hombro derecho con su mano izquierda, dijo: –lo siento, es necesario que regreses; necesitas concluir tu misión. Además, no te debes preocupar, nos volveremos a ver.

–Ya han pasado dieciocho horas –dijo "Tres" en un intento de reanimarme.

Desconcertado y a la vez cabizbajo haciendo notar que el intento de "Tres" había fallado, pregunté: –¿De verdad ha pasado todo ese tiempo?

"Uno" con mucha calma respondió –así es, tal vez no lo sientas porque tu cuerpo está acostumbrado a los días y las noches, mientras que en este planeta no existe el anochecer.

–¿Y por qué no me siento cansado? –pregunté.

–La bebida que te dimos hace que se regeneren tus células, por esta razón no sientes el agotamiento –"Uno" respondió.

–¿Entonces ustedes no duermen?

–Claro que lo hacemos, pero no como ustedes lo hacen. Nosotros dormimos cada tres días.

–¿Y por cuanto tiempo duermen?

–Aproximadamente por seis horas.

–¿Seis horas terrestres? –pregunté.

–Así es, nuestra comunicación es telepática, y por esto mismo, siempre vas a interpretar como tiempo, a lo que ya conoces, pero el tiempo es relativo, y según la información que te damos, tú lo acomodas de acuerdo a lo que mides como tiempo. Pero te quedarías sorprendido si te dijera que para nosotros el tiempo, así como ustedes lo conocen, ¡no existe!

–¿El tiempo no existe? –interrogué.

–Recuerdas cuando te dije que el tiempo hace parte de los planos dimensionales?

–Si –contesté.

–Pues así es, el tiempo ustedes lo miden para acomodarse al sistema. Si la rotación o translación de tu planeta fuera un poco más lenta o más rápida, ustedes medirían el tiempo diferente. Por otro lado, si ustedes miden el tiempo de acuerdo con la velocidad de un objeto, el tiempo cambiaría. Si miden el tiempo de acuerdo a la masa, éste también se transformaría. Si miden el tiempo de acuerdo con el "tiempo" de un momento, éste también se modificaría. Por eso: solo* hasta que ustedes dejen de poner el tiempo en sus ecuaciones físicas o matemáticas, podrán esclarecer cosas que para ustedes son inexplicables.

–¿Cómo qué? –cuestioné.

–Como por ejemplo los diferentes presentes que hay, o comprenderían que la velocidad de la luz no es la velocidad más rápida que existe.

–Acepto que todo esto es muy complicado, es tanta información, que me es un poco difícil procesarlo –respondí.

–¿Ahora entiendes por qué siempre te digo que todo a su "tiempo"? ¿Que cuando volvamos a vernos, te explicaré un poco con más detalle todo? –"Uno" respondió, preguntándome con una sonrisa pícara, pero tierna a la vez.

Sonriendo con timidez, contesté –ahora entiendo.

–No siendo más, es momento de volver –replicó "Uno" mientras suspirando, me miraba a los ojos.

"Dos" y "Tres" se pusieron de pie de inmediato, comprendían que era el momento de partir. Así que, alistándose para empezar el camino hacia la nave, abrieron paso para emprender la caminata

–Ven, ponte de pie –dijo "Uno" ofreciéndome su mano para ayudar a levantarme.

Acostumbrado a seguir las "ordenes" de mi gran amigo, me puse de pie sin resistirme; sabía que era momento de retornar, y que por más que quisiera quedarme, no lo podía hacer.

"Dos" y "Tres" siguieron adelante andando por un trayecto formado por el césped, cerca a la orilla del grandioso lago. Y mientras que "Uno" y yo los seguíamos, no paraba de observar y admirar este mundo tan colorido, lleno de expectativas e ilusiones que me hacían recordar siempre, por qué no quería marcharme de este mundo tan irreal, pero a la vez tan perfecto.

A medida que iba avanzando por ese estrecho camino, podía apreciar el lago tan cristalino y tan prolongado. Disfrutaba de sus colores brillantes emanados por las piedras dentro de él, y que con el reflejo del cielo blanco hacía brillar el agua aún más.

Recordé que había recogido una de las piedras del lago. Entonces metiendo mi mano al bolsillo, saqué esta piedra tan brillante y tan extraña, para admirarla una vez más. ‹‹Que piedra más hermosa››, pensé. Mi corazón palpitaba de la emoción cada vez que la veía… no solo era esplendida con sus colores brillantes, sino que representaba todo lo que en mi viaje había aprendido.

Mientras que le daba vuelta a la pequeña roca para mirarla por todos sus lados, mi cabeza intentaba analizar todo lo que en mi viaje había experimentado. Eran tantas cosas, que mi cerebro intentaba procesar información de distintos temas al mismo tiempo.

–No intentes analizarlo todo. Deja a un lado esa mente curiosa, y dedícate a disfrutar el momento ahora que lo tienes –"Uno" sugirió.

–Lo siento –respondí, mientras guardaba mi piedra, de nuevo en el bolsillo.

Con una pequeña sonrisa delicada, "Uno" me contestó –no tienes por qué sentirte mal, disfruta el momento, aprovecha el instante y se libre. No pienses en lo que ya pasó, ni tampoco en lo que vendrá, simplemente vive tu presente para que lo puedas aprovechar al máximo.

–Tienes razón –respondí.

A mitad de camino "Dos" y "tres" se quedaron parados por un momento, mientras que "Uno" y yo seguimos caminando hasta alcanzarlos. Cuando llegamos donde se encontraban ellos, pude escuchar el chillido de un animal. Era un poco extraño, pero se notaba que se estaba quejando de dolor. Así que intentando buscarlo, pude darme cuenta que, a una corta distancia, algo se movía en un mismo sitio.

–Ven, sígueme –me comunicó "Uno" mientras se dirigía hacia donde estaba el movimiento.

Con algo de angustia lo seguí, mientras que "Dos" y "tres" nos esperaban en el camino.

Cada vez que me aproximaba, podía darme cuenta de que se trataba de un animal mediano, algo extraño, pero su aspecto era semejante a un lobo: tenía también cuatro patas, su pelaje era un poco más grueso y de color verde, el hocico era más chato, y las orejas apuntaban hacia abajo. Estaba algo inmovilizado, y no paraba de lamentarse de dolor.

Cuando nos acercamos un poco más al animal, pude notar que tenía la pata delantera derecha un poco torcida y lastimada; en cada intento para pararse, el animal caía de nuevo para seguir haciendo chillidos de dolor.

"Uno" lanzó una mirada fija directamente a los ojos del animal, y éste como por arte de magia dejó de quejarse. "Uno" prosiguió acercándose para tocarle, y éste como entendiendo que no estaba en peligro; sino al contrario, que iba a ser ayudado, se quedó inmóvil. "Uno", viendo esto, puso sus manos sobre la pata lastimada, y pude ver como una energía de color purpura, salía de las manos de mi amigo, cubriendo toda la parte lastimada. Luego, esta misma energía, se iba tornando poco a poco de color azul claro.

pasados unos segundos, "Uno" miró de nuevo fijamente al animal, y éste, entendiendo la situación, se alzó sobre sus cuatro patas, emitió una mirada a "Uno" y otra mirada a mí, para finalmente marcharse corriendo como si nada hubiera pasado.

–¿Qué es esto que acabo de presenciar? –pregunté.

–Este animal necesitaba auxilio, y lo ayudé –"Uno" respondió.

–¿Pero que tenía?

–La energía en su cuerpo no fluía correctamente creando un nudo. Yo simplemente lo desaté para que pudiera fluir de nuevo.

–Pero yo vi que tenía lastimada una de las patas –repliqué.

–Así es, la tenía rota –"Uno" contestó, para seguir explicándome–. Cuando tenemos una herida o algún tipo de enfermedad, la energía de nuestro cuerpo deja de fluir libremente, estancándose en algún punto y creando un bloqueo o nudo. Muchas veces, el mismo cuerpo a medida que va regenerando sus células, va liberando la energía, hasta que ésta fluya de nuevo correctamente. Yo simplemente ayudé a acelerar este proceso.

–¿Entonces, cuando una persona tiene una enfermedad pasa lo mismo? –pregunté.

–Exacto, una persona enferma puede tener cualquier clase de virus o bacterias provocando que la energía no fluya adecuadamente. Para ello, comienza a tomar ciertos tipos de medicamentos para tratar o eliminar lo que se tenga, dependiendo de los factores con que se trate. Pero muchas veces la toma de estos medicamentos, especialmente los químicos (suponiendo que no fueron mal recetados y que realmente están tratando la enfermedad como tal), generan reacciones y efectos secundarios que son muy dañinos para el cuerpo, ocasionando así mismo más nudos energéticos.

–¿Y los medicamentos naturales? ¿Son mejores?

–Son mejores que los químicos en cuestión de efectos secundarios, ya que no dañan directamente alguna parte de tu organismo, pero muchas veces éstos no funcionan ya que en tu planeta hay demasiados virus y bacterias que fueron creados químicamente. Otra de las razones, es porque cuando la persona no es constante, deja de ayudar al sistema inmunológico natural del cuerpo, haciendo un poco más lenta la cura –"Uno" respondió.

–¿Entonces qué es lo mejor para curar a alguien? –consulté.

–Cada vez que vas obteniendo sabiduría espiritual, te das cuenta que, si aprendes a manejar la energía, podrías hacer muchísimas cosas –"Uno" respondió.

–¿Yo también lo puedo hacer?

–Claro que sí, cualquier ser que tenga conciencia lo puede hacer.

–¿Y cómo lo hago? –curioseé

–Para esto tienes que dejar fluir tu energía apropiadamente, y también es necesario que aprendas algunas técnicas antes de comenzar el proceso.

–¿Qué técnicas necesito? y ¿Cómo hago para que mi energía fluya correctamente?

–La próxima vez que nos volvamos a ver, te enseño como hacerlo, y como encontrar tu propia técnica. Por otro lado, para que tu energía fluya correctamente, es necesario que estés bien física y emocionalmente.

–¿Si no estoy bien, mi energía no fluye correctamente?

–Tú lo has dicho, si tú mismo tienes bloqueos es muy difícil ayudar a retirar los nudos a los demás. Aunque existen algunas personas que lo hacen; inclusive, hay algunas personas que absorben los nudos de otras personas y se quedan con ellos, pero estas personas, aunque están usando una técnica, no están usando la técnica adecuada, ya que se están perjudicando lentamente a sí mismas.

–¿Uno mismo puede sanarse? –pregunté.

–Sí, uno mismo lo puede hacer si se utiliza la técnica adecuada; ya que, si necesitas sanarte, es porque tienes nudos, y así tu energía no fluye libremente. Por esta razón, se requiere de una técnica que actué como puente, para así, ir sanando los nudos que tengas –"Uno" respondió.

–Creo que esto lo voy a entender cuando me lo enseñes a hacer ¿Verdad?

–Sí, primero necesitas comprender profundamente todo lo que has aprendido, ya que es muy difícil multiplicar, si no has aprendido a sumar.

Por un instante me quedé pensativo. Mi curiosidad era tan grande que jugaba con mi paciencia. Era un poco difícil querer saber más sobre algo que no entendía; y especialmente, si eso me iba ayudar a curar personas. Pero "Uno" tenía razón, debía que ser paciente, tal vez esa era otra de las virtudes que tenía que aprender a controlar. A lo mejor era una prueba, o tal vez uno de los requisitos para acercarme a la sabiduría. Eso no lo sabía aun… pero, la respuesta iba a llegar muy pronto.

–Es hora de avanzar –dijo "Uno" mientras comenzaba a caminar lentamente hacia donde mis otros dos amigos se encontraban.

Sin pensarlo mucho, y siguiendo las instrucciones de "Uno", hice lo que estaba acostumbrado a hacer, seguir a mi gran guía, mientras que me acoplaba otra vez con la idea de regresar.

Una vez llegando al camino formado por el césped, "Dos" y "Tres" se giraron para continuar el recorrido sin preguntar nada, mientras que "Uno" y yo nos formábamos detrás de ellos para continuar como estábamos antes.

A medida que íbamos andando, todavía me seguía asaltando una incógnita. La experiencia que había visto recientemente, hacía que algunas dudas rondaran por mi cabeza. Entonces dándole libertad a mi curiosidad, sin más preámbulo le pregunté a "Uno": –¿Por qué vi una energía que salía de tus manos?

"Uno" girando su cabeza, y mirándome con esos ojos grises y benévolos, respondió: –te dejé ver la energía que viste, para que aprendieras a descubrir lo que representaba. Viste el nudo en color energético, y a medida que lo iba liberando, podías ver como se cambiaba de color, hasta que ya se curaba por completo. Por eso es tan imprescindible que tu aprendas a sentir la energía a la perfección, ya que es lo que vas a usar como herramienta, para trabajar cuando curas a alguien –prosiguió "Uno"–. Por esta razón, debes hacer todo con calma. Todo a su tiempo, y aprendiendo de cada momento, pues para poder controlar la energía, primero tienes que aprender a sentirla. Pero antes de poder sentirla, tienes que saber visualizarla, y para ello, tienes que estar en armonía con todo tu ser, tu cuerpo, tu mente, y tu espíritu; por eso, tienes que obtener conocimiento y sabiduría. En otras palabras, debes aprender para saber cómo comportarte correctamente, utilizando como arma, el sentimiento más importante de todos… ¡El amor!

Una felicidad infinita hizo que se me pusieran los pelos de punta. Me había dado cuenta del por qué me encontraba en ese lugar. Por fin comprendía la razón de toda la enseñanza; ahora sabía con certeza lo que "Uno" me había expresado, mi misión era ayudar a las personas. Por fin entendía que todo era un proceso, y que necesitaba primero caminar, para luego poder volar.

"Uno" viendo la luz que ahora alumbraba mi alma, giró su cabeza de nuevo, y mientras caminábamos, puso su mano izquierda sobre mi hombro, para luego mencionarme: –lo has comprendido.

No pasaría mucho tiempo antes de que llegáramos a un lugar que me era familiar. Era el sector donde había pisado el suelo por primera vez en este curioso planeta. De pronto, alzo la vista y veo este vehículo brillante y reluciente esperando por nosotros. Era la nave que nos había traído a este planeta y la que ahora nos iba a llevar de vuelta.

En mi mente tuve sentimientos encontrados. Quería seguir aprendiendo y disfrutando de este hermoso lugar, pero el haber visto de nuevo la nave, hizo que mi cuerpo y mi mente sintieran un poco de nostalgia por mi planeta, y ahora tenía ganas de volver.

Al llegar cerca de la nave, "Dos" hizo lo mismo que había hecho "Uno" al principio de mi travesía para abrir la nave: levantó su brazo derecho apuntando la palma de su mano hacia ella, y ésta, automáticamente abrió su puerta/rampa, esperando a que subiéramos.

Sin esperar mucho tiempo, "Dos" y "Tres" comenzaron a abordar la nave, mientras que "Uno" indicándome la entrada, me invitaba a subir. Por un momento me quedé pensativo admirando este planeta, y "Uno" sabiendo que era mi momento de despedirme, dejando la prisa a un lado, me regaló ese instante; pues, aunque yo supiera que iba a volver a ver a mis amigos, no sabía si regresaría a este planeta.

Entonces viendo el cielo, las plantas tan coloridas, y observando todo a mi rededor, me despedí en silencio. ‹‹Muchas gracias lindo planeta, por haberme dado la oportunidad de conocerte y por haberme enseñado tanto…››. Enseguida, e intentando evitar que me alcanzara la tristeza, comencé a subir la rampa, junto con mi gran amigo acompañándome.

La nave se cerró automáticamente como si supiera el número exacto de personas que iban a entrar. Por otra parte, yo ya sabía los pasos a seguir: primero se hacía la limpieza, para luego comenzar con el viaje.

"Uno" mirándome fijamente a los ojos, y sabiendo como siempre lo que yo estaba pensando, telepáticamente exclamó: –esta vez va a ser un poco diferente. No vas a tener que hacer el proceso de purificación; ya estas purificado.

–¿Entonces el proceso de purificación solo se hace una vez? –pregunté.

–El proceso de purificación se hace cuantas veces sea necesario, pero esta vez no necesitas hacerlo, ya que nuestro planeta está purificado –"Uno" respondió.

"Dos" llamándome con un gesto moviendo la cabeza, dijo: –ven con nosotros.

Mirando a "Uno" en señal de aprobación, y con un poco de pena, lo seguí.

Llegamos a otro cuarto demasiado grande y espacioso donde había muchos botones y palancas de comando. Seguía mirando a mi rededor, y me sorprendía con todo lo que veía: había tres sillas muy grandes, también algo muy parecido a un sofá, había unas mesas metálicas ovaladas, la luz principal era blanca, pero los botones de comando la adornaban con colores. Yo estaba fascinado con todo lo que estaba observando. Esta nave era tan grande que, aunque ya hubiera estado en ella, era la primera vez que estaba en esta habitación.

Por fin podía ver la secuencia de como manipulaban la nave, "Uno", "Dos", y "Tres" comenzaron a mover algunos botones que hacían sonidos extraños.

–¿Estás listo para viajar? –"Uno" girándose hacia mí, me preguntó.

–Creo que sí, pero y ¿Qué hago? ¿Dónde está el cinturón de seguridad?

"Uno" con una sonrisa amable, respondió: –no necesitamos cinturón de seguridad, así como en la otra cabina, cuando viajaste para acá. Cada espacio de la nave, está protegido por una energía anti gravitatoria que se contrarresta haciendo efecto de inercia contra la parte exterior de la nave. ¿O acaso no recuerdas como viajaste?

Me quedé un poco pensativo, la verdad no había caído en cuenta como había viajado, todo había sido tan rápido que ni tuve tiempo de analizar lo que ahora ya analizaba, así que recordando cómo había sido todo, respondí sonriendo: –tienes razón, no había pensado eso antes, creo que estaba tan emocionado por viajar, que ni lo había considerado.

–No te preocupes, cuando llegues a tu planeta, vas a recordar aún más cosas, cuando hagas una introspección sobre lo sucedido; por el momento, vive el instante, y disfruta la experiencia, para que así tengas más cosas que recordar.

Sin necesidad de mencionarlo, todos sabíamos que era momento de partir, así que dando por terminada la conversación, y recostándome en el gran "sofá", le dije a "Uno": –¡Estoy listo!

En seguida "Uno", "Dos", y "Tres", tomaron el control de la nave, para dar inicio al viaje de vuelta a casa, mientras que yo solo observaba.

La nave empezó a hacer una leve vibración, para luego quedar suspendida en la inmovilidad y en la calma. En ese instante supe, que ya estábamos viajando; empecé a ver colores, y también formas. Parecía como si la velocidad o tal vez otro factor, hiciera algún efecto en mis sentidos, puesto que aparte de ver lo que veía, sentía mi cuerpo muy liviano, y no podía analizar el momento, solamente experimentarlo.

Después de pasar algunos minutos, todo quedó en tranquilidad. Mis sentidos volvieron a normalizarse, y mis tres amigos dejaron de manipular los controles.

–Hemos llegado –dijo "Uno" mientras se levantaba de su asiento.

"Dos" y "Tres" de inmediato salieron de la cabina para abrir la puerta. Entretanto, "Uno" mirándome fijamente, y con un poco de nostalgia que se le notaba en la mirada, dijo: –es momento de salir, sígueme.

Un tanto desconcertado, y con las emociones revueltas, comencé a seguir a mi gran amigo; sabía que era el momento de la despedida, pero a la vez estaba en mi planeta, y ya quería pisar el suelo nuevamente.

Cuando llegué a la puerta/rampa, pude notar que "Dos" y "Tres" ya la habían abierto. Desde adentro de la nave se alcanzaba a ver el cielo y los árboles. Además, pude ver el sol, me di cuenta de que era un poco más temprano que el día anterior, y que estaba haciendo un día espectacular.

Me había comenzado a invadir un sentimiento de emoción; ya quería salir, ya quería volver a ver a mi familia. Quería subir de nuevo la montaña. Quería admirar la belleza de mi planeta. Quería hacer tantas cosas que no sabía por dónde empezar.

"Dos" y "Tres" comprendiendo la exaltación que tenía mi corazón y sabiendo que era momento de despedirnos, me ofrecieron un abrazo. Yo por mi parte les abracé a cada uno, sabiendo que les volvería a ver; y al mismo tiempo, me despedí de ellos agradeciéndoles por todo: –muchas gracias por este viaje, y por todas las enseñanzas –les comuniqué.

–Gracias a ti también, aunque no lo creas, hemos aprendido mucho –"Dos" respondió.

Después de haberme despedido de mis dos grandes amigos, "Uno" dirigiéndose hacia la salida de la nave, dijo: –ven conmigo, es momento, bajemos juntos.

Comencé a seguirle, y a medida que bajábamos la rampa, noté que estábamos exactamente en la misma parte de donde habíamos partido. Pude ver los árboles y junto a ellos, los matorrales que formaban la entrada de esta especie de escondite. Pude respirar el aire de mi planeta, sentir la brisa suave y sencilla. Pude admirar ese cielo azul claro y despejado, así como también escuchar el sonido de los animales que avivaban el sentimiento de nostalgia.

Cuando pisé el suelo, mi piel se erizó por completo. Sentí una felicidad inmensa; había vuelto a mi planeta y ahora sabía cuánto lo extrañaba… mis ojos se llenaron de lágrimas.

–Quiero que sepas que nos volveremos a ver cuándo estés listo. Por ahora, vive siempre el instante y aplica en tu vida, todo lo que has aprendido… inténtalo* –"Uno" replicó.

–¿Y cuándo estaré listo?

–Estarás listo cuando adquieras sabiduría, mientras tanto estás en proceso de aprendizaje. Vas a sentir tristezas, enojos, dudas, vas a sentir muchas cosas que es inevitable experimentar; es normal sentirlas, solo tienes que aprender a manejarlas y no dejar que ellas te controlen. ¡La sabiduría no está en evitar sentir cosas incorrectas, sino en saber sobrellevarlas para así actuar correctamente! Recuerda que todo y todos somos parte de Dios, y por esta razón, debemos dejarnos llevar siempre del sentimiento del amor. Amar a todos y a todo, con toda la pureza y sinceridad que merece ese sentimiento; solo así, elevas tu nivel de consciencia.

—Tienes razón, aunque creo que no va a ser fácil —respondí.

—Es más fácil de lo que piensas —"Uno" respondió, continuando con la comunicación—. Ahora debemos irnos. Recuerda, volveremos por ti gran amigo, gracias por todo lo que nos enseñaste; porque, aunque no lo creas, aprendimos mucho de ti. Eres un gran ser, te amamos, y no olvides siempre ser feliz.

Con los ojos aguados, abracé con todas mis fuerzas a mi gran amigo. Parecía un niño pequeño abrazando la pierna de este gigante, que con sus manos me tranquilizaba acariciando mi cabello.

—Gracias a ti por todo, te voy a extrañar mucho —le dije a "Uno" mientras que mis lágrimas recorrían mis mejillas y soltándolo para dejarlo ir.

—"Uno" con una suave sonrisa, y con la ternura que lo caracterizaban sus ojos, replicó: —no te rindas, no desfallezcas, recuerda que en tus manos hay una gran misión, no lo olvides.

Dándose vuelta, mi gran amigo se marchó subiendo la rampa. Cuando ya estaba dentro de la nave, ésta comenzó a cerrarse automáticamente, para después elevarse lentamente, hasta desaparecer en un abrir y cerrar de ojos, dejando una suave brisa en su lugar.

Ahora me había quedado solo; miraba a mi rededor, y no veía a nadie. Por un momento intenté analizar la situación, procuré pensar en lo que había pasado. No sabía que paso seguir. No tenía idea de que hacer, pero para evitar la nostalgia y el sentimiento de soledad, decidí subir de nuevo la montaña.

Saliendo de los matorrales, emprendí hacia la cima; y mientras que lo hacía, percibí que mi forma de ver las cosas había cambiado, pues admiraba cada cosa que veía. Podía sentir felicidad plena, estaba muy contento de haber aprendido tanto, y orgulloso de ser una persona renovada.

Pasaron algunos minutos, y después de andar tanto, pude contemplar esa vista espectacular que me regalaba la naturaleza desde la cima de la montaña. Así que sin pensarlo y dejándome cautivar por el momento, me senté para seguir admirando y disfrutando tanta belleza; quería concentrarme en esto, quería agradecer a Dios por todo lo que me daba. Respiraba el aire puro, y suspiraba de felicidad cuando recordaba todo lo que había vivido.

Reflexioné sobre todo lo aprendido, recordé cada situación y cada momento experimentado; una lluvia de sentimientos encontrados empezó a desbordarse por todo mi ser. Por un lado, me sentía privilegiado al haber aprendido tanto, mientras que, por el otro, no me sentía digno de tanta sabiduría. Comencé a sentirme solo, ya no estaban mis amigos para que calmaran todas mis dudas y me dieran ánimo… Sentí tristeza y ansiedad, también sentí miedo y empecé a dudar sobre todo, pues lo que había vivido era tan perfecto, que parecía como si hubiera sido algo irreal. Mi mente empezó a crear incertidumbres que hacían cuestionarme si todo había sido una fantasía o había sido real.

Mi respuesta llegaría con una gran sonrisa que dibujaba mi rostro, cuando al sentir un pequeño bulto en el bolsillo derecho de mi pantalón; introduje mi mano, para sacar algo maravilloso que brillaba con el reflejo del sol, generando esos colores tan intensos y brillantes que le daban un respiro a mis dudas y a mi soledad, pues era la pequeña y hermosa piedra.